**정말 별게 다
고민입니다**

IKIMONO JINSEI SODANSHITSU DOBUTSUTACHI NI MANABU 47
NO IKIKATA TETSUGAKU

Written by Yuriko Kobayashi

Supervised by Tadaaki Imaizumi

Illustration by Saki Obata

Copyright © Yuriko Kobayashi 2018

Original Illustration © Saki Obata 2018

Korean translation rights arranged with Yama-Kei Publishers Co., Ltd.

through Japan UNI Agency, Inc., Tokyo

정말
별게 다
고민입니다

21세기북스   고바야시 유리코 ＊ 글   **오바타 사키** ＊ 그림   **이마이즈미 다다아키** ＊ 감수   **이용택** ＊ 옮김

머리말

이 책은 여러 동물들이 인간의 고민을 듣고 함께 생각해주는, 약간 독특한 고민 상담 책입니다. 이런 책을 만들게 된 이유는 예전에 본 어떤 다큐멘터리 영상 때문입니다. 아프리카 사바나의 광경을 담은 영상으로, 대부분의 물웅덩이가 말라버린 건기의 초원에 어느 날 하나 남은 물웅덩이를 향해 동물들이 모여들었습니다. 그런데 놀랍게도, 평소에는 먹고 먹히는 관계인 사자와 얼룩말이 어깨를 나란히 하고 물을 마시는 게 아니겠습니까! 물이 부족한 이때만큼은 내 편, 네 편 가릴 새가 없는 모양입니다. 그곳에 있는 모든 동물들이 서열과 먹이사슬을 떠나 다만 '지금을 살아가는' 데 집중하는 모습이 무척 인상적이었습니다.

인간은 지구상에서 유일하게 미래를 상상할 수 있는 동물이라고 합니다. 그래서 더더욱 미래에 대한 두려움을 안고 살며, 때로는 벌어지지도 않은 최악의 사태를 상상하며 불안해하기도 합니다. 이렇게 미래에 대해 너무나 많은 생각을 하다 보면 어느덧 머릿속이 복잡해지기 일쑤입니다.

그렇다면 그런 복잡한 고민들에 대한 동물들의 의견을 들어보는 건 어떨까요? 동물들의 삶의 철학은 앞서 말씀드린 것처럼 '지금을 살아가자!'이기 때문에 대답 역시 매우 단순 명쾌할 것으로 생각됩니다. 또한 지구의 오랜 역사 속에서 도태되지 않고 살아남은 그들에게서 지금을 살아가는 '생존의 힘'을 배울 수 있지 않을까요?

물론 우리는 동물의 말을 이해할 수 없기 때문에 이 책에서는 혹독한 환경에서 살아가는 동물의 생태와 행동을 분석해 우리의 고민을 해결할 힌트를 찾아보려고 합니다. 제가 아는 호모 사피엔스 중에서 야생 동물의 행동에 가장 정통한 동물학자인 이마이즈미 다다아키 선생님은 동물의 생태에 대해 많은 가르침을 주셨습니다. 놀라운 지혜와 아이디어로 가득한 생활, 목숨을 잇기 위한 눈물겨운 노력, 가족에 대한 사랑, 집단의 화목을 중요시하는 자세 등 동물들의 알려지지 않은 모습들을 선생님 덕분에 많이 배울 수 있었습니다. 그리고 어느덧 제 자신의 고민까지도 말끔히 사라졌습니다(생각지 못한 덤이네요).

때로는 신랄한 지적으로, 때로는 경험에서 우러난 조언으로 동물들의 애정이 듬뿍 담긴 이 인생 안내서는 오늘도 고민에 빠져 괴로워하는 당신에게, 또는 그렇지 않은 당신에게도 분명 상당한 재미를 선물할 것입니다. 이 책을 읽고 내일부터 다시 즐겁고 긍정적으로 살 수 있는 힌트를 하나라도 발견한다면 그보다 기쁜 일은 없을 것 같습니다.

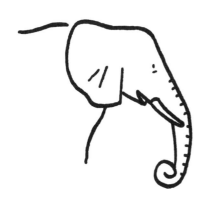

1. 생활에 관한 고민

모아놓은 돈이 하나도 없다니

"돈이 생기면 바로바로 써버립니다. 마흔 살이 다 돼가는데, 모아놓은 돈이 하나도 없어서 미래가 불안합니다."

/ 38세 여성

"돈을 어디에 모아두었는지 잊어버릴 만큼 여기저기 나눠서 저장해두면 낭비하고 싶어도 할 수 없습니다."

/ '저축의 왕' 일본다람쥐

혹독한 겨울을 나기 위한
다람쥐의 분산형 저축

돈이 있으면 있는 대로 써버린다니, 인간도 동물과 마찬가지로 군요. 겨울잠을 자지 않는 우리는 먹을 것이 줄어드는 겨울을 무사히 나는 게 가장 큰일입니다. 그래서 우리는 가을이 되면 본능적으로 도토리나 호두를 땅속이나 나무 구멍에 모아둔답니다. 이는 인간이 돈을 모으는 것과 똑같은 행위죠(다람쥐의 경우는 먹이를 저장하는 것이지만요).

우리도 있으면 있는 대로 먹어버리고 싶은 충동에 사로잡히곤 합니다. 그래서 짜낸 꾀가 먹이를 여기저기 나눠 여러 군데에 저장하는 방법입니다. 먹이를 먹고 싶더라도 '어라, 그 호두는 어디에 묻었더라?' 하며 헷갈리기 때문에 바로바로 파내서 먹어버리는 사태는 좀처럼 일어나지 않습니다. 충동적인 폭식을 막기 위한 '분산형 먹이 저장'이라고 부를 수 있겠네요. 인간으로 치면 돈을 여러 계좌에 나눠 저축하는 것과 비슷하지 않을까요? 계좌가 많아질수록 어느 계좌에 얼마만큼의 돈이 들어 있는지 불분명해져서 자연스럽게 돈이 쌓입니다.

덧붙이자면 저는 호두를 어디에 묻었는지 아예 잊어버리는 바람에 싹이 틀 때까지 방치하는 경우도 있고, 쥐들이 와서 파먹어버리는 경우도 있습니다. 하지만 다소 문제가 있더라도 그 정도로 철저히 나눠서 저장해야만 차곡차곡 모으는 데 성공하지 않을까요?

상담자 프로필

이름	일본다람쥐
사는 곳	일본 혼슈에서 규슈에 이르는 지역
몸길이	18~22cm
몸무게	210~310g
좋아하는 음식	호두, 버섯, 나무 열매
싫어하는 것	여우, 담비, 매

늙어서 혼자 외롭게 지내면 어쩌죠

"마흔 살이 넘었는데 아직 미혼입니다. 노후에 홀로 외롭게 생활
해야 한다고 생각하니 두렵습니다."

/ 43세 여성

"인생에서 가꿔온 지혜와 경험이 있다면 주변에서 흠모를 받고 노
후 생활도 화려해집니다."

/ '연공서열' 아프리카코끼리

연륜과 경험으로 주변의 신망을 얻는
아프리카코끼리의 지혜

외톨이로 노후를 보내야 한다고 생각하니 오싹하네요. 우리 아프리카코끼리의 수명은 예순 살 정도입니다. 보통은 무리를 지어 생활하는데 할머니(나)와 딸, 그리고 손자들로 구성되죠. 수컷은 어른이 되면 무리를 떠나기 때문에 암컷으로만 집단을 이루는 셈입니다. 혹시 '남편이 없어도 가족이 있으니 노후 걱정은 없겠네'라고 생각하시나요? 그런데 야생 동물의 경우 늙어서 사냥을 못 하게 되면 무리에서 쫓겨나 누구의 도움도 받지 못한 채 쓸쓸하게 죽는 게 대부분입니다.

다행히도 그렇게 매정한 야생 동물 사회에서 유독 우리 아프리카코끼리만큼은 최연장자 암컷이 무리의 리더를 맡는답니다. 아프리카코끼리의 리더는 오랜 세월 쌓아온 경험을 바탕으로 물과 먹이를 얻을 수 있는 곳으로 무리를 이끌고, 위험이 닥쳤을 때는 수많은 난관을 헤쳐온 지혜로 현명하게 무리를 지키죠. 그래서 늙은 암컷 코끼리는 몸이 약간 쇠약해졌다고 해도 모두의 신망을 얻고 존경을 받아요.

당신도 노후에 가족이 없더라도 주변 사람을 도와주거나 지혜를 나눠 준다면 분명 남들에게 필요한 사람이 될 수 있을 거예요. 그러기 위해서는 젊었을 때부터 다양한 경험을 하고 여러 가지 일에 도전하며 지혜를 쌓는 것이 중요하겠죠. 누구나 든든하게 의지할 수 있는 멋진 할머니가 되길 기원합니다.

상담자 프로필

이름	아프리카코끼리
사는 곳	사하라사막 이남 아프리카
몸길이	5.4~7.5m
몸무게	3~6t
좋아하는 음식	나뭇잎, 나뭇가지, 열매
싫어하는 것	사자, 하이에나, 인간(밀렵꾼)

머리숱이 눈에 띄게 줄어들고 있어요

"요즘 탈모가 시작되었는지 머리카락이 듬성듬성해졌습니다. 아직 대머리 아저씨로 불리기는 싫습니다."

/ 37세 남성

"약점인 대머리를 매력 포인트로 만든다면 인생이 극적으로 달라질 거예요."

/ '대머리계의 희망' 대머리우아카리

붉은 대머리로 인기를 끄는
대머리우아카리의 매력

대머리 아저씨로 불리는 게 창피하신가요? 그건 인간들만이 가지고 있는 잘못된 선입관입니다. 그게 창피하다면 '붉은 대머리를 지닌 진귀한 동물'로 불리는 우리 대머리우아카리의 입장은 뭐가 된단 말입니까?

보시다시피 제 머리는 정수리까리 벗겨진 완전한 U자형 대머리입니다. 게다가 영락없이 술 취한 아저씨로 보이는 붉은 얼굴, 엉덩이처럼 생긴 울퉁불퉁한 이마 굴곡까지! 탈모, 엉덩이 이마, 붉은 얼굴이라는 삼중고를 지닌 동물은 원숭이계를 통틀어도 아마 우리뿐일 거예요.

하지만 놀라지 마세요. 우리 대머리우아카리의 수컷은 남들보다 얼굴이 더 붉어야만 암컷에게 인기가 있습니다. 붉은 얼굴은 혈색이 좋고 건강하다는 뜻이므로 건강한 자손을 남기고 싶어 하는 암컷에게 인기가 많은 거죠. 털이 없을수록 매력적인 붉은 얼굴의 면적이 넓어지는 까닭에 대머리도 중요한 인기 요소랍니다.

요즘 우리는 강렬한 비주얼 때문에 인간계에서도 인기가 급상승하는 중입니다. 생각해보세요. 아무런 특징도 없는 평범한 얼굴보다야 대머리라도 개성 있는 얼굴이 남들에게 더 강한 인상을 남길 수 있지 않을까요? 대머리가 의외로 매력 포인트가 될 수 있다는 말입니다. '대머리가 되면 추하다'는 선입관을 버리고, '대머리가 되면 개성이 하나 더 늘어난다'고 긍정적으로 생각하는 건 어떨까요?

상담자 프로필

이름	대머리우아카리
사는 곳	남아메리카 북서부
몸길이	38~57cm
몸무게	3~3.5kg
좋아하는 음식	곤충, 나뭇잎, 열매
싫어하는 것	독수리, 악어

습관 때문에 살이 빠지지 않아요

"일하면서 과자를 계속 집어 먹는 습관 때문에 살이 빠지지 않아요."

/ 24세 여성

"먹고 나서 반드시 움직이는 습관을 기르면 많이 먹어도 대체로 괜찮습니다."

/ '대식가' 큰개미핥기

하루에 개미 2만 마리를 먹는 대식가
큰개미핥기의 건강 비법

큰개미핥기라는 이름만 봐도 알 수 있듯이 제가 좋아하는 음식은 개미와 흰개미입니다. 땅속 개미굴을 파헤치거나 탑 모양의 흰개미집에 혀를 찔러 넣어 개미와 흰개미를 정신없이 핥아 먹습니다. 저는 개미라면 환장하니까요.

제가 하루에 먹는 개미의 수는 약 2만 마리입니다. 하지만 눈앞에 아무리 많은 개미들이 있어도 한 개미집에만 들러붙어 내내 먹는 게 아니라, 수천 마리를 먹고 나서 다른 개미집으로 옮깁니다. 먹고 이동하고, 먹고 이동하기를 반복하는 거죠. 얼핏 느긋하게 산책하는 듯 보일지도 몰라요. 하지만 이건 영역을 지키는 중요한 행위랍니다. 식사를 군데군데서 조금씩 하는 이유는 식사와 영역 순찰을 효율적으로 병행하기 위해서예요. 그리고 먹고 이동하기를 반복하면 개미집을 전멸시키지 않고 생태계를 균형있게 유지할 수 있죠.

인간도 한자리에 앉아 내내 과자만 집어 먹으면 몸도 나빠질뿐더러 주변 사람들에게 게으름뱅이로 찍힐지도 모릅니다. 본인의 건강을 위해서라도, 주변의 시선을 의식해서라도 먹고 나서 곧바로 움직이는 습관을 들이는 게 어떨까요? 복사기 토너를 교체하거나, 우편물을 나눠 주는 등 자리에서 일어날 때마다 주변에 도움이 되는 일을 한다면 평판도 좋아지고 다이어트도 효과를 볼 것입니다.

상담자 프로필

이름	큰개미핥기
사는 곳	중앙아메리카에서 남아메리카에 이르는 지역
몸길이	1~1.2m
몸무게	20~39kg
좋아하는 음식	개미, 흰개미, 곤충
싫어하는 것	재규어, 퓨마

물건을 잘 버리지 못해요

"궁상떠는 성격 때문인지 물건을 허투루 버리지 못합니다. 어떻게
하면 물건을 과감히 처분할 수 있을까요?"

/ 25세 남성

"인생에서 정말로 필요하다고 생각한다면 굳이 버릴 필요는 없
습니다."

/ '걱정도 팔자' 도토리딱따구리

나무에 도토리를 저축하는
수집광 도토리딱다구리의 습관

모처럼 산 물건을 필사적으로 버리려고 하다니, 인간이란 참으로 알 수 없는 동물이군요. 우리는 도토리딱따구리라는 이름대로 도토리를 모으는 게 평생의 과업이에요. 나무에 수많은 구멍을 뚫고, 구멍 하나에 도토리를 하나씩 보관하죠. 나무 한 그루에 무려 수만 개의 도토리를 저장하기 때문에 나무를 썩게 만들거나 전봇대를 망가뜨려 정전을 일으키는 등 피해를 끼치기도 하지만요 (반성합니다).

하지만 우리가 그렇게까지 하는 이유는 도토리가 소중한 식량이기 때문입니다. 평상시에는 괜찮지만 아이가 생기거나 먹을 것이 부족해지면 큰일이죠. 이런 만일의 사태를 떠올리면 불안해져서 도토리 모으기를 쉽사리 그만둘 수가 없어요.

아마도 당신은 궁상맞다기보다 우리처럼 걱정이 많은 걸 거예요. 지금 당장 사용하지 않는 물건이라도 막상 버리려고 하면 '언젠가 사용할지도 몰라' 하는 생각이 들어 도저히 처분하지 못하죠? 그 마음, 잘 이해합니다.

걱정 많은 성격을 일부러 고칠 필요는 없습니다. 일단은 냉정하게 그 물건이 앞으로 어떤 상황에서 필요할지 고민해보세요. 고민을 거듭한 후에도 역시 언젠가는 쓸 물건이라고 생각된다면 구태여 버리지 않아도 됩니다. 다만 남에게 폐는 끼치지 않도록 주의해야겠죠.

상담자 프로필

이름	도토리딱따구리
사는 곳	북아메리카 서부에서 남아메리카 북부에 이르는 지역
몸길이	약 23cm
몸무게	65~90g
좋아하는 음식	도토리, 곤충, 열매
싫어하는 것	여우

내 집 마련을 꼭 해야 할까요

"세 들어 사는 게 좋을지, 아니면 내 집을 마련하는 게 좋을지 고민입니다. 어느 쪽이 좋을까요?"

/ 32세 남성

"평생 한 집에서만 산다는 건 말이 안 돼요! 세 들어 사는 편이 자유롭고 홀가분하고 즐겁습니다."

/ '이사의 달인' 참집게

집은 인생의 사이즈에 맞게
참집게의 딱 맞는 집

우리 참집게가 등에 짊어지고 있는 조개껍데기는 처음부터 가지고 태어난 게 아니라 어느 정도 성장하고 나서 직접 찾아낸 것입니다. 우리는 허물을 벗고 몸집이 커지면 조개껍데기가 비좁아지기 때문에 어렸을 때는 한 달에 여러 번, 그 후로는 1년에 두세 번씩 조개껍데기를 바꿔야 합니다(새로운 집으로 이사 가는 셈이죠).

그래서 우리는 몸 사이즈에 딱 맞는 집이 가장 좋은 집입니다. 괜찮아 보이는 조개껍데기를 발견하면 집게로 집어서 사이즈를 재거나 안쪽을 들여다봅니다. 모양과 색깔과 질감도 체크하죠. 게다가 취향도 각자 달라서 조개껍데기 대신 페트병 뚜껑에 들어가 사는 녀석도 있고, 조개껍데기에 말미잘을 장식하는 녀석도 있습니다(말미잘은 외적으로부터 우리의 몸을 보호하는 역할을 한답니다). 이사갈 때는 그 말미잘을 떼어내서 새로운 집으로 옮겨놓기도 하죠. 이렇게 취향에 맞는 집을 고른다면 임대주택이라도 쾌적한 생활을 누릴 수 있습니다.

각자의 몸 사이즈나 취향은 해마다 달라지는데 평생 같은 집에서 산다는 건 말도 안 되는 이야기입니다. 당신은 앞으로 아이를 낳을지도 모르고 부모님을 모셔야 할지도 모릅니다. 장래에 무슨 일이 일어날지 누가 알겠습니까? 인생의 사이즈가 확실히 정해지기 전에는 홀가분하게 세 들어 사는 편이 아무래도 편리하지 않을까 싶습니다.

상담자 프로필

이름	참집게
사는 곳	일본 홋카이도에서 규슈에 이르는 지역. 러시아, 한국 등
몸길이	6cm 이하
몸무게	알 수 없음
좋아하는 음식	해조, 물고기 사체
싫어하는 것	커다란 물고기, 문어, 게

매일 초조하고 불안합니다

"매일 초조하고 불안해서 아무것도 손에 잡히지 않습니다. 어떻게 하면 몸과 마음을 추스를 수 있을까요?"

/ 35세 여성

"편안한 침대에서 푹 자면 몸과 마음이 상쾌해집니다."

/ '잠자기의 달인' 오랑우탄

내일을 위한 편안한 잠
오랑우탄의 숙면 비법

우리 오랑우탄은 인간과 마찬가지로 영장류 사람과에 속하는 동물입니다. 오랑우탄과 인간의 DNA 차이가 약 1퍼센트라고 알려져 있으니 정말로 가까운 사이라고 할 수 있겠네요. 하지만 우리는 인간과 달리 크게 짜증을 내거나 초조해하지 않습니다. 아마도 매일 밤 푹 자기 때문이 아닐까 싶어요.

우리는 평생을 나무 위에서 지냅니다. 밥도 나무 위에서 먹고, 잠도 나무 위에서 잡니다. 매일 밤 잠자기 전에 나무 위에 침대를 만들죠. 나뭇가지와 나뭇잎을 꺾어 구부리고 쌓아서 새의 둥지 같은 침대를 만드는데 더욱 포근한 잠자리를 위해 베개와 이불까지 준비하기도 합니다. 이 침대에 벌러덩 드러누우면 추위와 비바람을 피해 아침까지 푹 잘 수 있답니다.

사실 고릴라나 침팬지 같은 대형 유인원도 이런 침대를 만든다고 해요. 하지만 긴팔원숭이 같은 소형 유인원은 침대를 만들지 않습니다. 일설에 따르면 침대를 만들어 숙면을 취하는 게 유인원의 진화에 커다란 영향을 끼쳤다고 합니다. 인류의 진화에서도 수면은 큰 역할을 해왔다고 합니다. 앞으로 더욱 진화하기 위해서라도 오늘 당장 편안한 잠자리를 마련해보는 게 어떨까요?

상담자 프로필

이름	오랑우탄
사는 곳	동남아시아의 보르네오섬, 수마트라섬
몸길이	1.1~1.4m
몸무게	40~90kg
좋아하는 음식	열매, 곤충, 나무껍질
싫어하는 것	호랑이, 구름표범, 인간

절약하는 방법이 궁금해요

"월급이 너무 적어서 생활이 빠듯합니다. 어떻게 하면 절약할 수 있을까요?"

/ 28세 남성

"공유, DIY, 대여 등 절약할 수 있는 방법은 많습니다."

/ '절약의 왕' 북방하늘다람쥐

극한의 추위도 이겨내는
북방하늘다람쥐의 친환경 절약법

제가 사는 홋카이도의 숲은 1년 중 태반이 눈과 얼음으로 뒤덮이는 혹한의 땅입니다. 체력을 유지하지 못하면 봄까지 살아남을 수 없기에 에너지 절약이 생존의 철칙이죠.

그래서 저는 딱따구리가 나무에 뚫었다가 버려둔 구멍을 집으로 재활용합니다. 그곳에 들어가 살면 집을 직접 만들지 않아도 될 뿐 아니라 구멍 크기가 몸에 꼭 맞아 차가운 외풍을 꼼꼼히 막을 수도 있답니다. 겨울철에는 이끼를 모아 담요를 만드는데, 멀리 갈 필요 없이 근처에 있는 이끼를 이용해 시간과 노력을 아끼죠.

저와 같은 하늘다람쥐들은 망토(피막)를 펼치고 활공하는 것이 특기로, 이것도 에너지를 절약하는 작전 중 하나랍니다. 다른 나무로 이동할 때 나무를 오르내린다면 그만큼 에너지가 많이 들지만, 저는 하늘을 날아서 순식간에 이동하기 때문에 체력과 시간을 쓸데없이 낭비하지 않고 에너지 소비를 최소한으로 줄이죠.

'절약'이라고 하면 무조건 허리띠를 졸라매고 고생하는 이미지가 떠오르는데요. 사실 저처럼 약간의 아이디어만 있으면 별 어려움 없이 친환경적이고 경제적인 생활을 보낼 수 있답니다. 당신도 돈을 낭비하기 전에 혹시나 주변에 재활용할 수 있는 물건은 없는

지, 다른 사람과 물건을 공유할 수는 없는지, 물건을 직접 만들거나 남들에게서 빌려 쓸 수는 없는지 등 돈을 아낄 만한 여러 방법을 궁리해보기 바랍니다.

상담자 프로필

이름	북방하늘다람쥐
사는 곳	일본 홋카이도
몸길이	14~20cm
몸무게	150~200g
좋아하는 음식	새싹, 꽃, 씨앗
싫어하는 것	올빼미, 검은담비, 뱀

아직은 독립하는 게 겁이 나요

"대학을 졸업했지만 아직 취업을 못 해서 부모님과 살고 있습니다. 부모님과 같이 사는 건 언제까지 허용될까요?"

/ 26세 여성

"독립하는 타이밍은 각자 다릅니다. 중요한 것은 부모님과 살면서 무엇을 배우느냐예요."

/ '사이좋은 가족' 회색늑대

독립보다 제 몫의 역할을 중시하는
회색늑대의 무리 생활

인간 세계에서는 성인이 되어도 부모 곁을 떠나지 않는 자녀가 많다고 들었습니다. 하지만 동물 세계에서는 그런 일이 매우 드물죠.

우리 회색늑대들도 태어나고 2년쯤 지나 성적으로 성숙하면 자신만의 무리를 만들기 위한 여행을 떠나면서 독립합니다. 기본적으로 암수 한 쌍과 그 새끼들을 포함해 5~10마리 정도로 한 무리를 이루죠. 새끼들은 커가면서 차례대로 독립하는데, 개중에는 가끔 어른이 되어도 무리를 떠나지 못하는 새끼가 있어요. 이렇게 독립하지 못하는 새끼는 대부분 암컷인데요. 아직 혼자 살아갈 자신감이 없는 것이겠죠. 그런 새끼는 무리의 '도우미'로서 동생들을 돌보거나 사냥을 보조하면서 살아갑니다.

하지만 부모를 정점으로 하는 무리에서는 출산이 허용되지 않으므로 자신의 가족을 꾸리려면 용기 내어 독립할 수밖에 없습니다. 암컷 늑대는 부모 곁에 머물면서 자립에 필요한 기술을 배우고 '이제 독립해도 괜찮겠다' 싶은 자신감이 생겼을 때 무리를 떠나죠. 그래서 무리를 떠나는 타이밍은 각자 달라요. 언니보다 동생이 먼저 독립했다고 해서 조바심을 내는 일은 전혀 없죠.

　　부모 밑에서 배운 것은 인생을 살아가면서 반드시 쓸모가 있습니다. 부모님과 함께 사는 동안에 제대로 배우고 훌륭한 어른이 되기 바랍니다.

상담자 프로필

이름	회색늑대
사는 곳	북아메리카, 유럽, 아시아, 그린란드
몸길이	1~1.5m
몸무게	12~80kg
좋아하는 음식	사슴, 토끼, 여우
싫어하는 것	회색곰

이마이즈미 선생의 동물 잡담

생활 편

여기서는 동물에 관해 모르는 게 없는 동물학자 이마이즈미 다다아키 선생님이 고민을 상담해주면서 인생에 도움이 되는 교훈을 들려줍니다. 먼저 우리의 일상을 괴롭히는 '생활에 관한 고민'부터 시작해봅시다.

이마이즈미: 웬 한숨을 그렇게 크게 쉬세요? 무슨 일 있어요?

A: 선생님, 오늘이 제 서른여덟 살 생일이에요. 그런데 남자 친구도 없고, 앞으로 제 인생이 어떻게 될지 막막하기만 하네요.

이마이즈미: 그렇게 부정적으로 생각하지 말고 즐거운 미래를 상상해보세요.

A: 그런 게 제 마음대로 될 리가 없잖아요!

이마이즈미: 제 얘길 더 들어보세요. 동물 중에서 미래를 상상할 수 있는 동물은 인간밖에 없다고 해요. 인간과 가장 가까운 침팬지나 오랑우탄조차 미래에 관해 생각하지 못하거든요.

A: 네? 미래에 관해 생각하지 못한다니, 그럼 당장 내일도 생각하지 못하나요?

이마이즈미: 네, 그들에게는 지금이 전부거든요. 오랑우탄과 인간의 DNA는 1퍼센트 정도밖에 차이가 안 난다고 하는데, 그 차이가 사실은 '상상하는 능력'의 유무를 가른다고 해요. 그래서 인간은 평화를 염원하며 전쟁을 멈출 수도 있고, 행복한 미래를 상상

하며 마음이 설렐 수도 있는 거예요.

A: 확실히 긍정적인 상상을 하면 마음이 조금 밝아지긴 해요.

이마이즈미: 네. 미래를 상상한다는 건 오직 인간만이 가진 특별한 능력이에요. 이왕이면 그런 능력을 행복해지는 데 사용하는 편이 좋지 않겠어요?

A: 그래요. 마흔 살이 되면 결혼해서 예쁜 아기도 낳고, 강아지도 기르고……

이마이즈미: 맞아요! 그런 식으로 즐거운 상상을 해보세요.

✱ 미래가 막막하게 느껴지는 이들에게 전하는 교훈 ✱

장래를 생각할 수 있는 동물은 인간뿐이다. 이왕이면 불안해하기보다는 긍정적으로 상상하자.

2. 가족에 관한 고민

권태기를 어떻게 극복해야 할까요

"집에서 아내와 말을 안 한 지 오래되었습니다. 권태기를 극복하는 방법을 가르쳐주세요."

/ 46세 남성

"같은 취미를 갖거나 함께 할 수 있는 일을 찾으면 신혼 기분으로 돌아가고 사이도 원만해집니다."

/ '최고의 애처가' 큰고니

함께 춤추며 애정을 확인하는
큰고니의 사랑법

우리 큰고니들은 한번 부부의 연을 맺으면 죽을 때까지 해로합니다. 약 90퍼센트 이상이 평생 일부일처제를 고수하죠. 새끼가 다 커서 둥지를 떠난 후에도 헤어지지 않고 또다시 신혼으로 돌아가 새로운 새끼를 갖습니다. 그런데 인간의 이혼율은 해마다 높아지고 있다면서요? 당신의 상황은 괜찮은가요?

우리는 상대방에게 사랑을 표현할 때 매우 정열적이죠. 서로 마주 보고 날개를 펼쳐 합창을 하거나, 키스하듯이 부리를 맞추거나, 똑같은 동작으로 춤을 춥니다. 서로 똑같이 움직이다 보면 마음까지 통하는 것을 느낀답니다.

그런데 아무리 사이가 좋아도 오랫동안 함께 살다 보면 사랑이 식을 때가 있죠. 그럴 때는 젊었을 적 뜨거운 사랑에 빠졌던 기억을 떠올린답니다. 그래서 때로는 중년 큰고니 부부가 함께 춤을 추기도 하는데, 이는 부부의 인연을 다시금 확인하기 위해서랍니다.

이처럼 권태기에 빠졌을 때는 부부가 함께 할 수 있는 것을 찾는 게 좋습니다. 당신도 한때는 아내를 사랑하고 아내와 함께 인생의 모든 일들을 함께하겠다고 굳게 결심한 적이 있었겠죠? 그때의 기억을 떠올리면서 신혼 기분으로 돌아가 둘만의 여행을 간다거나, 공통의 취미를 만들어 둘이서 보내는 시간을 늘린다면 분명히 예전처럼 사이좋은 부부가 될 것입니다.

상담자 프로필

이름	큰고니
사는 곳	유라시아 대륙 북부, 아이슬란드, 유럽, 아시아
몸길이	1.4~1.6m
몸무게	8~12kg
좋아하는 음식	물풀, 수생곤충, 조개
싫어하는 것	너구리, 여우, 담비

남편을 육아에 참여시키고 싶어요

"이제 곧 아이를 출산합니다. 남편을 육아에 참여시키려면 어떻게 해야 할까요?"

/ 28세 여성

"남편에게 임신과 출산의 고통을 체험시키면 깨닫는 게 있지 않을까요?"

/ '남편에게 출산을 시키는' 해마

아내 대신 출산까지
해마 남편의 육아기

안타깝게도 출산과 육아는 여성의 몫이라는 고정관념이 우리 동물의 세계에서도 뿌리 깊이 박혀 있죠. 그런데 우리 해마들은 달라요. 우리는 부부가 함께 아이를 키우는 게 당연한 일이고, 심지어 남편에게 출산까지 하게 하죠.

해마의 수컷은 자궁의 역할을 하는 육아낭을 가지고 있어요. 암컷은 수컷의 육아낭에 수란관을 집어넣어 알을 낳습니다. 알은 육아낭에서 수정되어 약 2주일 후에 부화하죠. 알에서 나온 새끼들은 얼마간 육아낭에 머물면서 알의 노른자위를 섭취하며 지내다가 수컷 해마의 '출산'을 통해 세상 밖으로 나옵니다. 수컷 해마는 배에 힘을 주고 흔들면서 새끼들을 밖으로 뿜어내는데, 많으면 1년에 세 번까지도 이렇게 출산한다고 해요.

인간의 경우, 우리처럼 남자더러 아이를 낳으라고 하기는 불가능하겠지만 출산이 얼마나 힘든 일인지 체험하게 할 수는 있을 거예요. 남편이 분만실에 입회해서 아내의 출산을 지켜본다거나 아빠를 위한 출산·육아 교실에 참가하는 것도 좋은 방법이에요. 요즘에는 배에 무게가 나가는 가짜 배를 착용해서 임신한 것과 비슷한 상태를 체험할 수 있는 임신 체험복도 있다고 하더군요.

'출산이 절대 호락호락한 일이 아니구나!'라는 깨달음이 있어야 한 아이의 아빠가 된다는 자각이 싹트고, 육아하는 남편이 될 수 있습니다.

상담자 프로필

이름	해마
사는 곳	세계 각지의 열대 및 온대 바다
몸길이	1.4~35cm
몸무게	알 수 없음
좋아하는 음식	작은 물고기, 플랑크톤, 갑각류
싫어하는 것	게, 큰 물고기, 가오리

다 큰 자녀를 독립시키고 싶어요

"서른 살이나 된 아들이 아직도 저희 부부와 함께 삽니다. 독립시키려면 어떻게 해야 할까요?"

/ 57세 여성

"독립은 하루아침에 이뤄지지 않습니다. 조금씩 자립하도록 격려해주세요."

/ '자녀 교육의 달인' 제비

꾸준한 연습으로 새끼를 독립시키는
제비의 교육 열정

우리 제비 부모에게 새끼의 독립은 커다란 과제예요. 우리는 봄철에 남쪽에서 날아와 알을 낳고 부화시킨 후, 약 25일이라는 짧은 기간 동안 새끼를 키우고 독립시킵니다.

하지만 무작정 "얼른 날아가!"라며 새끼를 내쫓지는 않아요. 일단 둥지 가까이에 있는 전깃줄에 앉아서 먹이를 흔들며 새끼들을 둥지 밖으로 유인해내죠. 이때 생애 첫 날갯짓에 실패해서 땅으로 떨어지는 새끼도 있어요. 그럴 때면 그 새끼가 다시 날갯짓을 해서 날아오를 때까지 가만히 기다려줍니다.

새끼들이 전깃줄까지 날아오면, 그다음에는 하늘로 자유롭게 날아다니는 연습을 시키죠. 이번에는 부모가 먹이를 물고 날다가 보란 듯이 공중에서 멈춥니다. 그 모습을 본 새끼들은 먹이를 받아먹기 위해 공중을 날아가려고 애쓰죠. 새끼들이 배고파 우는 모습을 지켜보는 건 괴롭지만, 마음을 모질게 먹고 훈련시켜야 해요.

그렇게 며칠 동안 날갯짓 연습을 시키면 새끼들은 한두 마리씩 하늘을 날아오르기 시작합니다. 새끼들의 입장에서 둥지를 떠난다는 건 목숨을 걸고 세상으로 나가는 일이에요. 그처럼 홀로 살아갈 용기를 서서히 심어주는 것이 부모의 임무라고 생각합니다.

자녀를 무조건 독립시키려고만 하지 말고, 식사 준비나 청소 같은 집안일을 조금씩 시키거나 일을 해서 가족의 생활비를 보태게 하는 등 점차적인 연습을 통해 자립할 수 있도록 용기를 북돋아주는 건 어떨까요?

상담자 프로필

이름	제비
사는 곳	유라시아, 북아메리카, 남아메리카, 아프리카
몸길이	11.5~21.5cm
몸무게	10~55g
좋아하는 음식	곤충
싫어하는 것	까마귀, 뱀, 맹금류

편식이 심해서 걱정입니다

"아이가 편식을 심하게 합니다. 어떻게 하면 편식하는 습관을 없 앨 수 있을까요?"

/ 34세 여성

"맛있는 제철 음식을 함께 먹으며 즐겁게 '식생활 교육'을 해보 세요."

/ '식생활 교육의 달인' 반달곰

제철 음식으로 식사가 즐거워지는
반달곰의 먹이 교육

인간 세계에 '아이들의 입맛은 세 살 전에 완성된다'는 말이 있다더군요. 우리 반달곰들은 두 살 전에 입맛이 완성된다고 할 수 있어요. 대부분의 새끼들은 한 살에서 두 살 반 사이에 독립하기 때문에 독립하기 전까지 약 2년 동안 식생활 교육을 부모에게 받습니다.

우리도 인간처럼 잡식이어서 식물, 열매, 곤충 등 온갖 음식을 다 먹습니다. 봄에는 너도밤나무의 부드러운 새싹을, 초여름에는 산나물이나 죽순을, 여름에는 곤충이나 과일을, 가을에는 도토리나 버섯을 먹죠. 모두 제철 음식이라 신선하고 맛있어요. 하지만 새끼들은 언제 어디서 어떤 음식을 구할 수 있는지 잘 모릅니다. 그래서 부모는 새끼들이 독립하기 전까지 계절마다 나는 제철 음식을 찾아다니면서 그것을 어디서 어떻게 구할 수 있는지 정성껏 가르쳐준답니다.

음식을 맛있게 먹은 기억은 어른이 되어서도 머릿속에 남습니다. 언제든지 원하는 것을 손에 넣을 수 있는 인간 세계에서는 제철 음식을 고집한다는 게 오히려 어려운 일일지도 모르겠네요. 하지만 어렸을 때부터 맛있는 제철 음식을 잘 먹인다면 아이들의 식생활은 그만큼 풍요로워질 것이라고 확신합니다. 아무쪼록 아이

와 함께 좋은 음식을 먹으며 계절의 맛을 제대로 즐길 수 있기를
바랍니다.

상담자 프로필

이름	반달곰
사는 곳	동아시아, 남아시아, 동남아시아
몸길이	1.4~1.7m
몸무게	42~120kg
좋아하는 음식	식물, 열매, 과일, 곤충
싫어하는 것	인간

아이 돌보기가 가끔 귀찮습니다

"아내가 아이를 좀 봐달라고 부탁하는데, 저는 아이를 돌보는 게 성가실 때가 있습니다."

/ 32세 남성

"황제펭귄의 아빠는 먹지도 마시지도 않은 채 홀로 아이를 키웁니다!"

/ '세계 제일의 육아 남편' 황제펭귄

눈보라 속에 홀로 아이를 지키는
황제펭귄의 부정

　아빠도 육아에 참여하거나 전담하는 게 당연시되는 요즘, 당신은 아이 돌보는 게 성가시다니 큰일이군요. 자랑은 아니지만, 우리 황제펭귄 아빠들은 세상에서 가장 가혹한 환경에서 아이를 키우는 아빠입니다. 엄마 펭귄은 1년에 딱 한 번 단 하나의 알만 낳기 때문에 아빠 펭귄은 이렇게 태어난 유일한 아이를 남극의 혹독한 환경으로부터 반드시 지켜내야 한다는 절실함이 더욱 크죠.

　엄마 펭귄들은 알을 낳은 후 공복을 채우기 위해 두 달 동안 바다로 나갑니다. 그동안에 아빠 펭귄들은 영하 60도나 되는 눈보라 속에서 먹지도, 마시지도 않고 홀로 알을 품습니다. 알은 약 두달 후에 부화하는데 그즈음에 엄마 펭귄이 돌아와야 하죠. 그런데 어쩌다 엄마 펭귄의 귀가가 늦어지면 아빠 펭귄은 '펭귄 밀크'를 게워내 아이에게 먹일 수밖에 없습니다. 펭귄 밀크는 위와 식도의 점막이 떨어지며 만들어지는 긴급 이유식이죠. 말 그대로 피와 살을 깎아가며 아이를 키우는 셈이랍니다.

　그렇게 시간이 지나 엄마 펭귄이 마침내 돌아오면 얼마나 마음이 놓이는지! 그 후로는 엄마 펭귄이 새끼의 육아를 모두 책임집니다. 저는 겨우 몇 달 동안만 아이를 품고 키웠지만, 엄마는 아이를 끝까지 책임지고 키워내야 합니다. 출산의 고통까지 감내했으니 엄마 펭귄에 비해 제가 겪은 고생은 아무것도 아니죠. 당신도 힘겨운 출산에 육아까지 도맡아야 하는 아내분을 떠올려보세요. 잠깐 아이를 돌보는 게 성가시다는 말 따위는 감히 하지 못할 겁니다.

상담자 프로필

이름	황제펭귄
사는 곳	남극 대륙 가장자리
몸길이	1.1m
몸무게	35~40kg
좋아하는 음식	물고기, 오징어, 크릴새우
싫어하는 것	범고래, 물범

가족과 떨어져 일만 하는 게 힘들어요

"직장 때문에 가족과 떨어져 산 지 3년째입니다. 저는 처자식에게 돈만 보내주는 존재일까요?"

/ 42세 남성

"처자식에게 먹이를 가져다준 지 벌써 수개월……. 자식의 얼굴조차 본 적이 없습니다."

/ '묵묵히 일하는' 큰코뿔새

묵묵히 가족을 위해 일하는
큰코뿔새의 희생정신

직장 때문에 처자식과 떨어져 지내는 아버지 여러분, 수고가 매우 많으십니다. 저도 여러분과 마찬가지로 처자식을 위해 매일같이 먹이를 날라다 줘야 하는 처지랍니다.

우리가 사는 집은 정글에 있는 커다란 나무 구멍인데, 임신한 아내는 뱀 같은 외부의 적으로부터 몸을 지키기 위해 안쪽에서 진흙으로 출입구를 막아버렸습니다. 출입구에는 부리가 간신히 드나들 수 있는 자그마한 구멍만 뚫었고, 저는 날마다 그 구멍을 통해 열매나 곤충을 집어넣어 주죠. 그래서 처자식의 얼굴은 아예 볼 수도 없습니다.

아내는 출산 후 3개월이 지나면 진흙 벽을 부수고 둥지 밖으로 나갑니다. 그런데 그 안에 남겨진 자식들은 또 진흙으로 출입구를 막죠. 그래서 저는 전과 다름없이 날마다 먹이를 날라다 줘야 합니다. 당신은 이따금씩 집으로 돌아가 가족과 단란한 시간을 보낼 수 있을지 모르지만, 저는 아내와 자식의 부리 끝만 겨우 볼 수 있을 뿐이죠. 아, "얼른 밥 줘!"라고 징징대는 목소리를 들을 수 있기는 하군요.

약간 쓸쓸하기는 하지만 저의 희생으로 평화롭게 생활하는 가족을 지켜보는 것이 가장으로서의 보람이 아닐까 싶네요. 우리 모두 더욱 힘내서 앞으로도 지금처럼 열심히 가족을 뒷바라지합시다.

상담자 프로필

이름	큰코뿔새
사는 곳	남아시아, 동남아시아
몸길이	1.5m
몸무게	3~4kg
좋아하는 음식	과일, 나무 열매, 곤충
싫어하는 것	뱀

스마트폰에 중독된 것 같아요

"중학교 2학년인 딸이 스마트폰 중독입니다. 욕조에서도, 화장실에서도 스마트폰을 손에서 놓지 않아요."

/ 41세 남성

"스마트폰보다 재미있는 게 있다는 사실을 가르쳐준다면 어떨까요?"

/ '자녀 교육의 스승' 치타

재미있는 놀이로 사냥을 가르치는
치타의 교육법

아이는 눈앞의 재미있는 일에 금방 몰두해버리기 마련이죠. 저 치타에게는 새끼가 셋 있는데, 요즘 형제끼리 술래잡기 놀이를 하는 데 푹 빠져 있습니다. 놀이에 열중할 때는 엄마 목소리도 들리지 않는 모양이에요.

얼마 전부터 새끼들은 사냥의 재미도 깨닫기 시작한 것 같습니다. 치타 새끼는 1년 반에서 2년 사이에 독립하기 때문에 부모 밑에 있는 동안 얼른 사냥 기술을 배워야 해요. 처음에는 제가 구석에 몰아놓은 작은 사냥감을 새끼들에게 보여주며 잡게 하죠. 네, 맞아요. 이 훈련은 새끼들이 하던 술래잡기 놀이의 연장선인 셈이죠. 거의 다 잡은 사냥감을 풀어줬다가 다시 쫓아가 잡기를 반복하면서 놀기도 합니다. 그러다 제가 마침내 최후의 일격을 가해 사냥감의 숨통을 끊어놓으면 새끼들은 '이것이 사냥의 재미로구나!' 하는 표정으로 저를 바라보죠. 아직은 형제끼리 노는 걸 더 좋아하는 눈치지만, 일단 사냥을 시작하면 제 말을 고분고분 잘 듣습니다.

아이의 흥미는 사소한 계기 하나로도 바뀔 수 있습니다. 세상은 넓고 재미있는 것은 많습니다. 그 점을 딸에게 잘 가르쳐준다면 아마 스마트폰 말고도 또 다른 재미있는 것을 발견할지도 몰라요.

상담자 프로필

이름	치타
사는 곳	아프리카, 남아시아, 중동
몸길이	1.1~1.3m
몸무게	39~65kg
좋아하는 음식	임팔라, 가젤, 산토끼
싫어하는 것	사자, 하이에나, 표범

어머니의 음식 맛이랑 비교합니다

"식탁에서 '엄마 음식 맛이랑 달라'라는 말을 입버릇처럼 하는 남편, 어떻게 고칠 수 있을까요?"

/ 24세 여성

"엄마의 맛은 무엇보다 강합니다! 만일 고치기 어렵다면 그 맛을 배워보면 어떨까요?"

/ '엄마 맛 전도사' 코알라

엄마의 입맛을 잊지 못하는
코알라의 이유 있는 편식

엄마의 음식 맛을 못 잊는 남성이 많은가 보군요. 그래도 인간은 그나마 나은 편입니다. 우리 코알라는 평생 '엄마의 맛'에서 벗어나지 못하거든요.

아시다시피 코알라는 유칼립투스 잎 외에는 입에 대지도 않을 만큼 편식이 매우 심한 동물이죠. 더구나 유칼립투스의 종류가 500여 가지나 있는데도, 어렸을 때 맛본 적 없는 잎은 어른이 되어서도 전혀 먹지 않을 정도입니다.

그 이유는 유칼립투스에 함유된 독성 때문이에요. 코알라는 소화하기 힘든 유칼립투스 오일이나 유칼립투스 독이 함유된 잎을 장내 미생물로 분해하는데, 아기 코알라는 엄마 코알라의 똥을 먹고 그 미생물을 물려받습니다. 하지만 그렇게 물려받은 미생물은 특정 유칼립투스에 대해서만 효과가 있기 때문에 엄마가 먹던 유칼립투스 잎과 똑같은 종류의 잎만 먹어야 소화를 잘 시키고 건강을 유지할 수 있어요. 다시 말해 코알라가 마마보이처럼 엄마의 입맛만 고집하는 건 목숨을 지키기 위한 어쩔 수 없는 선택인 셈이죠.

어렸을 때의 입맛은 머릿속에 강렬하게 남아 있기 마련입니다.

일단은 남편분이 음식을 맛있게 먹는 게 중요하니 반찬 몇 가지라 도 맛을 흉내 내어 만들어보는 건 어떨까요? 그 맛을 기본으로 자 신의 맛을 서서히 추가해나가다 보면 남편분도 곧 익숙해져서 식 사 시간이 즐거워질 것입니다.

상담자 프로필

이름	코알라
사는 곳	오스트레일리아 동부
몸길이	65~82cm
몸무게	5.1~11.8kg
좋아하는 음식	유칼립투스 잎
싫어하는 것	맹금류, 여우, 딩고

출퇴근 시간이 너무 길어요

"가족의 성화에 못 이겨 교외에 집을 사버렸어요. 왕복 세 시간의 출퇴근이 고통스럽습니다."

/ 36세 남성

"자식이 독립하면 이사 갈 수 있습니다. 지금은 가족을 위해 인내하세요."

/ '극한 출퇴근 아빠' 피오르드랜드펭귄

가족을 지키기 위한
피오르드랜드펭귄의 목숨 건 출근

매일 고된 출퇴근으로 고생하는 여러분, 수고가 많으십니다! 우리 피오르드랜드펭귄도 여러분처럼 날마다 때려치우고 싶은 마음을 애써 누르면서 출퇴근하고 있습니다. 우리의 직장은 가족을 위해 먹을 것을 구할 수 있는 바다입니다. 따라서 바다 근처에 둥지를 틀면 가장 좋겠지만, 사방이 탁 트인 장소는 갈매기 같은 천적의 위험에 그대로 노출되기 때문에 알과 새끼를 지키기 위해 숲에 둥지를 트는 편이 안전하죠.

아빠 피오르드랜드펭귄은 식욕이 왕성한 새끼에게 먹을 것을 가져다주기 위해 날마다 몇 시간에 걸쳐 숲과 바다를 왕복합니다. 쓰러진 나무를 뛰어넘고 바위를 오르고 강을 헤엄쳐서 열심히 바다로 향해요. 그래서 먹을 것을 구하고 퇴근길에 나설 때쯤이면 온몸이 녹초가 되어버리죠. 이런 아빠 피오르드랜드펭귄의 희생 덕분에 새끼들은 두세 달 만에 무사히 독립할 수 있습니다. 새끼들이 독립해서 부부만 남으면 더 이상 숲(교외)에서 살 필요가 없으므로 다시 바다 근처로 이사합니다.

지금은 그저 아이들의 성장을 위해 묵묵히 인내할 때입니다. 아이들과 함께 보낼 수 있는 시간은 의외로 짧다는 것을 잊지 마세요. 휴일에는 가족과 함께 한적한 교외에서만 가능한 느긋한 나들이를 즐겨보는 건 어떨까요? 가족의 애정이 깊어진다면 고통스러운 출퇴근도 다소나마 긍정적으로 생각할 수 있을 겁니다!

🔵 상담자 프로필

이름	피오르드랜드펭귄
사는 곳	뉴질랜드 남서부
몸길이	40~55cm
몸무게	2.5~4.8kg
좋아하는 음식	물고기, 갑각류
싫어하는 것	담비, 쥐, 개

공부하기를 싫어해요

초등학교 3학년인 아이가 공부를 하지 않습니다. 어떻게 하면 공부하게 만들 수 있을까요?"

/ 38세 여성

"공부하지 않는 아이에게 잔소리만 해서는 안 됩니다. 부모가 솔선해서 배우려는 자세를 보여줘야 합니다!"

/ '열혈 교육맘' 미어캣

자녀와 함께 공부하는 즐거움
미어캣의 색다른 교육법

아이 교육은 모든 부모의 공통된 고민이겠죠. 특히 우리 미어 캣들이 사는 사막은 매우 혹독한 환경이라서 새끼가 독립하기 전까지 배워야 할 게 무척 많습니다. 그중에서도 꼭 익혀야 하는 기술이 주요 먹이인 전갈을 사냥하는 법입니다. 전갈은 맹독을 품고 있기 때문에 사냥에 실패하면 독침에 찔려 엄청난 고통을 맛보게 되죠(우리는 특별한 항체를 갖고 있기 때문에 다행히 죽지는 않습니다).

하지만 인간처럼 부모가 일방적으로 "이렇게 해야 한다"라며 지시만 내린다면 새끼들은 이 기술을 배울 수 없습니다. 미어캣 부모는 처음엔 죽은 전갈을 새끼들에게 주어 맛을 보게 합니다. 그다음에는 독침을 제거한 전갈을 새끼 앞에 내려놓고 사냥하도록 시킵니다. 여기에 성공하면 독침을 제거하지 않은 전갈을 새끼들 스스로 사냥하도록 시키죠.

이렇게 서서히 난이도를 높여가면서 최종적으로 사냥에 성공할 때까지 부모와 가족이 한마음이 되어 새끼의 사냥을 응원합니다. 부모 외에 형제나 친척이 사냥 선생님 역할을 맡기도 하죠. 온 가족이 똘똘 뭉쳐 새끼를 가르침으로써 배움의 즐거움을 자연스럽게 이끌어내는 방법이에요.

아이는 조금씩 성장합니다. 초조해하지 말고 자녀와 함께 공부하는 모습을 보인다면 머지않아 자녀도 공부에 재미를 느끼고 자발적으로 노력할 겁니다.

상담자 프로필

이름	미어캣
사는 곳	아프리카 남부
몸길이	25~35cm
몸무게	600~970g
좋아하는 음식	전갈, 거미, 곤충, 파충류
싫어하는 것	매, 올빼미, 왕도마뱀

육아 때문에 직장을 포기해야 할까요

"어린이집에 자리가 없어서 아이를 등록시키지 못했어요. 직장으로 복직하는 건 포기해야 할까요?"

/ 30대 부부

"같은 지역에 사는 부부들끼리 서로 도와 공동으로 아이를 키우는 방법도 있습니다."

/ '일과 육아는 공동 책임' 큰홍학

함께하면 어렵지 않은
큰홍학의 공동 육아 장점

혼자서만 고민하지 마세요! 우리 큰홍학은 부부가 맞벌이를 하면서 공동으로 육아를 하는 새랍니다. 사냥도 함께 하고 육아도 함께 하는 식이랄까요. 큰홍학이라면 어느 가정이나 마찬가지기 때문에 우리는 아예 무리 안에 크레시(crèche)라는 공동 육아 장소까지 마련해두죠(큰 곳은 무려 30만 마리가 모인답니다!).

생후 1~2주 동안은 부모가 새끼를 돌보지만 새끼가 걸을 수 있게 되면 크레시에 참가해요. 부모는 크레시에 새끼를 맡기고 외출하고, 동료들이 새끼를 돌봐주죠. 새끼들은 집단 안에 있으면 적으로부터 습격당할 확률도 낮고, 무엇보다 부모가 사냥에 집중할 수 있어서 좋습니다. 다만 새끼에게 먹이를 주는 것은 어디까지나 부모의 임무이기 때문에 하루에 몇 번씩 울음소리로 새끼를 불러내서 끼니를 챙겨줘야 해요. 우리는 집단으로 짝짓기를 하기 때문에 새끼들은 대부분 비슷한 시기에 태어난 동급생이죠. 엄마들도 비슷한 나이의 친구인 경우가 많아서 자연스레 서로 도우며 새끼를 키울 수 있어요.

만일 아이를 키우는 데 어린이집의 도움을 받지 못한다면 비슷한 처지에 있는 부부들을 주변에서 찾아보는 건 어떨까요? 분명히 고민을 나누면서 서로 도울 수 있을 거예요. 주민자치센터나 근처 공원 등으로 나가서 적극적으로 교류를 시도해보기 바랍니다.

상담자 프로필

이름	큰홍학
사는 곳	아프리카 대륙 연안, 카리브해, 남서유럽, 중동
몸길이	0.8~1.5m
몸무게	1.9~4kg 이상
좋아하는 음식	플랑크톤
싫어하는 것	맹금류, 자칼, 개코원숭이

이마이즈미 선생의 동물 잡담

* 가족 편 *

　여기서는 동물에 관해 모르는 게 없는 동물학자 이마이즈미 다다아키 선생님이 고민을 상담해주면서 인생에 도움이 되는 교훈을 들려줍니다. 이번에는 특히 육아 문제가 많은 부분을 차지하는 '가족에 관한 고민'입니다.

이마이즈미: 와, 엄청 귀여운 아기로군요. 6개월 정도 됐나요?

B: 네. 너무 귀엽죠? 근데 제가 아빠치고는 분유도 잘 타주고 기저귀도 잘 갈아주는데, 잠깐 안으려고 할라치면 아기가 금세 울음을 터뜨려서 섭섭해요.

이마이즈미: 혹시 스킨십이 부족해서 그런 게 아닐까요?

B: 돌봄이 꼭 필요할 때는 돌봐주지만, 같이 놀 시간은 좀처럼 낼 수가 없긴 해요.

이마이즈미: 예전에 갓 태어난 새끼 원숭이를 두 종류의 어미 원숭이 인형 곁에서 자라게 했던 실험이 있었어요. 한 어미 원숭이는 가슴에 젖병을 장착한 금속제 인형이었고, 다른 어미 원숭이는 푹신한 이불로 둘러싼 인형이었죠. 젖을 주는 건 금속으로 만든 어미 원숭이 인형뿐이었어요.

B: 그래서 어떻게 됐나요?

이마이즈미: 새끼 원숭이는 배고플 땐 금속으로 만든 어미 원숭이 인형에게 가서 젖을 빨았지만, 점차 푹신한 어미 원숭이 인형에

게 달라붙어 있는 시간이 늘어났어요. 젖만 주는 어미 원숭이보다는 기분 좋은 스킨십을 해주는 어미 원숭이를 좋아한다는 얘기죠.

B: 우와, 스킨십은 정말로 중요하군요!

이마이즈미: 금속으로 만든 어미 원숭이 곁에서만 지낸 새끼 원숭이는 항상 불안에 떨고 외부에 그다지 흥미를 보이지 않는 원숭이로 자랐다고 해요.

B: 아기가 마음 놓고 놀거나 생활하기 위해선 부모와의 스킨십이 꼭 필요하다는 뜻이군요. 제가 더 노력하겠습니다!

✻ 육아에 어려움을 겪는 이들에게 전하는 교훈 ✻

아이가 건강하게 성장하려면 스킨십이 필수다. 가능한 한 많은 시간을 들여 아이와 놀아주자.

3. 일에 관한 고민

직장 상사 노릇하기가 어렵습니다

"직장에서 상사 입장이 되어보니 참 어렵습니다. 부하직원을 혼내기만 하고 능력을 이끌어내기가 쉽지 않아요."

/ 35세 남성

"리더에게 가장 필요한 건 포용력입니다. 힘보다는 친절과 애교를 보여주세요!"

/ '친절한 리더' 마운틴고릴라

약자에게 인정받는
마운틴고릴라의 평화주의 리더십

우리 고릴라들은 리더인 수컷과 여러 마리의 암컷, 그리고 새끼들로 공동체를 형성하죠. 그중 리더가 되는 수컷 고릴라는 덩치가 크고 힘이 세지만 암컷이나 새끼들을 힘으로 굴복시키지 않아요. 고릴라 사회에서는 암컷이 수컷을 골라 번식 활동을 하기 때문에 수컷이 폭력을 휘두르면 암컷에게 외면당해 무리를 유지할 수 없거든요. 따라서 리더가 되려면 육아도 도와주고 암컷의 불만에도 귀를 기울여줘야 합니다. 게다가 애교와 놀이로 새끼들에게 인기도 얻어야 하죠. 이렇게 집단 구성원에게 인정을 받아야 비로소 리더로 설 수 있어요.

같은 유인원인 일본원숭이는 많은 수컷과 암컷, 그리고 새끼들이 뒤섞인 느슨한 집단 사회를 이룹니다. 일본원숭이 사회에서도 수컷이 거드름을 피우며 두목처럼 군림하려들면 안 돼요. 같은 우두머리라도 '리더'와 '두목'은 차원이 다르죠.

지금 당신이 속해 있는 조직을 평화롭고 더욱 나은 환경으로 만들고 싶다면 약자에게 다가가 힘이 되어주어야 합니다. 그러면 부하직원들은 당신을 인정하고 훌륭한 리더로 만들어줄 거예요.

상담자 프로필

이름	마운틴고릴라
사는 곳	서아프리카
몸길이	1.4~1.8m
몸무게	140~180kg
좋아하는 음식	과일, 곤충, 나뭇잎, 나무껍질
싫어하는 것	표범, 인간

눈치 보지 않고 퇴근하고 싶어요

"제가 맡은 일을 일찌감치 끝내도 다른 사람들이 모두 일하고 있다면 퇴근하지 못하는 건가요?"

/ 26세 남성

"팀은 서로 도우며 일하는 것이 본질입니다. 쉴 땐 제대로 쉬고 남들이 힘들 때 도와주세요."

/ '업무 혁명 장관' 일본왕개미

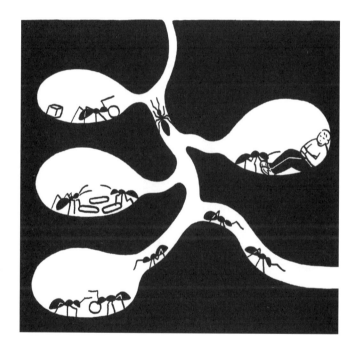

돌아가며 휴식을 취하는
일개미의 일머리

음, 모두가 똑같은 시간에 똑같은 일을 해야 하는 사회는 좀 이상하지 않나요?

우리 개미 사회는 엄격한 서열 사회입니다. 일개미들은 여왕개미와 그 자녀들을 위해 먹이를 날라다 주거나 알을 돌봐주는 등 열심히 일하죠. 하지만 일개미가 항상 일만 하는 것은 아니랍니다. 예를 들어 제가 있는 개미집에서는 언제나 20퍼센트 정도의 일개미는 일하지 않고 휴식을 취해요. 그렇게 쉬고 있던 일개미가 일터로 복귀하면 그때까지 열심히 일하던 일개미가 휴식에 들어가죠. 즉, 교대 근무를 하면서 언제나 일정 비율의 일개미는 휴식을 취할 수 있어요.

이렇게 하는 데는 이유가 있습니다. 모든 일개미가 밤낮으로 쉬지도 않고 일만 하면 예기치 못한 사태나 문제가 발생했을 때 제대로 대응할 수 없기 때문이에요. 하지만 정기적으로 휴식을 취하는 일개미가 있다면 예기치 못한 사태가 발생했을 때 구원투수로 나서서 급한 불을 끌 수 있죠.

쉴 수 있는 이들은 푹 쉬면서 만일의 사태에 대비하는 것이 조직을 유지하는 비결입니다. 당신도 퇴근할 수 있는 상황이라면 눈치 보지 말고 과감히 퇴근해서 집에서 휴식을 취하세요. 그리고 나중에 동료가 일이 몰리거나 위기에 처했을 때 나서서 도와주세요.

상담자 프로필

이름	일본왕개미
사는 곳	일본, 한반도, 중국, 미국
몸길이	7~12mm, 17mm(여왕개미)
몸무게	알 수 없음
좋아하는 음식	곤충, 꿀
싫어하는 것	다른 개미

주변의 눈을 자꾸 의식합니다

"주변의 눈을 너무 의식해서 프레젠테이션을 연습했던 만큼 잘 해내지 못해 괴롭습니다."

/ 38세 남성

"주변의 눈은 당신에게 기대하고 있다는 표시입니다. 아무도 당신을 업신여기지 않아요!"

/ '최선을 다하는 노력형' 넓적부리황새

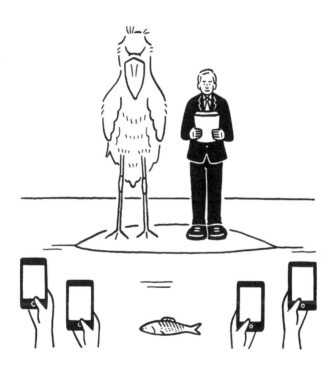

사람들의 시선을 즐기는
넓적부리황새의 여유

당신의 동료는 남의 실패를 비웃기나 하는 인정머리 없는 사람들뿐인가요? 설마 그럴 리는 없겠죠. 우리 넓적부리황새는 동물원에서 '움직이지 않는 새'로 유명해요. 하루 종일 거의 움직이지 않고 수면만 바라보며 서 있기 때문에 "허수아비인가?"라는 오해를 받기도 하죠. 제가 이렇게 하는 이유는 수면 위로 떠오르는 폐어류를 잡아먹기 위해서예요. 폐어는 말 그대로 폐로 숨 쉬기 때문에 이따금씩 수면 위로 떠올라야 하는데, 저는 그 타이밍을 놓치지 않기 위해 항상 수면에 의식을 집중하고 있는 것이죠.

그런 제 모습이 신기한지, 제 주위에는 스마트폰을 들고 제 사진을 찍으려는 사람들로 늘 북적거립니다. 처음에는 그렇게 주목받는 게 창피했어요. 하지만 결코 저를 비웃기 위해 지켜보는 게 아니라는 사실을 깨달았죠. 사람들은 스마트폰을 들고 마른침을 삼키면서 제가 움직이는 순간을 진지하게 기다립니다. 제가 폐어를 잽싸게 낚아챘을 때는 환호하며 박수를 치는 등 뜨거운 반응까지 보이죠(기분 째지네요!).

사람은 누구나 남들에게 무심코 눈길을 던지기 마련이죠. 하지만 대부분의 경우 악의는 없습니다. 당신의 동료도 열심히 하는 당신을 지켜보며 마음속으로 '파이팅!'을 외치고 있을지 모릅니다. 당신에게 집중한다는 건 당신에게 기대하고 있다는 표시예요. 그렇기 때문에 실수하거나 서툴더라도 최선을 다하는 모습을 보여주어야 합니다.

상담자 프로필

이름	넓적부리황새
사는 곳	아프리카 동부에서 중앙에 이르는 지역
몸길이	1.1~1.4m
몸무게	4.5~6.5kg 이상
좋아하는 음식	폐어, 메기, 개구리
싫어하는 것	악어

똑같은 옷을 입는 게 정답일까요

"초보 취준생입니다. 그런데 면접을 볼 때는 왜 모두 똑같은 정장을 입어야 하나요?"

/ 20세 여성

"자유와 개성을 주장하려면 나만의 강력한 무기가 필요합니다!"

/ '껍데기를 벗어던진 자유인' 파랑갯민숭달팽이

껍데기를 벗어던지고 찾은
파랑갯민숭달팽이의 무기

지금은 '바다의 보석'이라고 불리지만 우리 파랑갯민숭달팽이도 예전에는 모두 똑같은 모습으로 눈에 띄지 않게 살았습니다. 사실 우리는 조개의 친척이어서 예전에는 모두 조개껍데기를 걸치고 다녔죠. 하지만 조개껍데기는 무겁고 갑갑한 데다 이동하기도 불편했어요. 그래서 조개껍데기를 버리고 자유로워지자고 결심했죠.

하지만 당장 뜻대로 되지는 않았습니다. 자유와 부자유는 동전의 양면과 같기 때문이에요. 우리는 조개껍데기를 버림으로써 자유롭게 헤엄칠 수 있게 되어 전 세계로 진출했습니다. 하지만 몸이 완전히 노출되었기 때문에 적에게 공격이라도 당한다면 그대로 끝장이었죠.

그럼 이런 문제를 어떻게 극복했을까요? 우리는 조개껍데기 대신에 표면을 까칠하게 만들거나 굴곡을 만들었어요. 우리 중에는 독을 품은 종류도 있습니다. 표면의 선명한 색깔도 적에게 겁을 주기 위한 방어책이죠. 이렇듯 자유를 얻으려면 그에 따르는 문제를 극복할 수 있는 '나만의 무기'가 필요합니다.

모두 똑같아 보이는 정장을 벗고 자유롭게 면접을 볼 수도 있겠지만 그에 따른 각오와 준비는 필요합니다. 당신에게 자유에 따르는 문제들을 극복할 만한 무기가 있는지, 일단 이것부터 고민해 보는 게 우선입니다.

상담자 프로필

이름	파랑갯민숭달팽이
사는 곳	일본의 혼슈에서 규슈에 이르는 지역, 홍콩
몸길이	3~4cm
몸무게	알 수 없음
좋아하는 음식	해면, 이끼벌레
싫어하는 것	다른 갯민숭달팽이

꼰대가 아닌 선배가 되고 싶어요

"직장에서 꼰대 취급을 받고 있어요. 젊은 직원들이 저를 불편해 하는 것 같습니다."

/ 42세 여성

"젊은 사람들과 경쟁해봤자 아무 의미 없습니다! 선배답게 무게 를 잡으세요."

/ '든든한 여장부' 사자

사자에게서 배우는
후배와 경쟁하지 않고 존경받는 법

저도 무리 안에서는 최연장자('왕언니')이지만 젊은 친구들과 잘 지내고 있어요. 아마도 제가 그들과 경쟁하려들지 않기 때문일 겁니다.

우리 사자들도 암컷과 새끼들로만 이뤄진 여성 중심의 사회랍니다. 번식을 위해 수컷이 한두 마리 끼어들기도 하지만 거의 암컷들끼리만 살아간다고 할 수 있죠. 우리가 주로 하는 일은 사냥인데, 요즘에 저는 사냥에 나서지 않아요. 체력이 좋은 젊은 암사자들이 저보다 사냥을 훨씬 잘하니까요. 그 대신에 저는 무리에 남아 새끼들을 돌보거나 수컷 사자 혹은 하이에나가 오지 않는지 감시합니다.

나이가 들면 젊은 친구들을 체력으로 당해낼 수 없어요. 하지만 제겐 육아 경험이 있고 젊은 친구들보다 위기관리 능력도 높은 편이죠. 연장자만이 가질 수 있는 능력을 살려 후배들을 이끌어주면 얼마든지 좋은 관계를 유지할 수 있어요. 후배들과 경쟁한답시고 관계를 악화시키면 무리에서 쫓겨날지도 몰라요. 그런 꼴을 당하지 않기 위해서라도 젊은 후배들과 원만한 관계를 유지하는 게 중요합니다.

　　당신도 너무 자기 고집만 내세우지 말고 든든한 인생 선배로서 젊은 사람들을 이끌어준다면 자연스럽게 존경받게 되고 꼰대라고 불리는 일도 사라질 겁니다.

상담자 프로필

이름	사자
사는 곳	사하라사막 남부에서 남아프리카에 이르는 지역, 인도 북서부
몸길이	2.4~3.3m
몸무게	122~240kg
좋아하는 음식	임팔라, 얼룩말, 누
싫어하는 것	하이에나, 아프리카코끼리

따돌림 때문에 이직하고 싶어요

"회사 내 따돌림이 심해서 이젠 한계라는 생각이 들 정도입니다.
이직하면 상황을 바꿀 수 있을까요?"

/ 35세 남성

"닫힌 공간에서는 따돌림이 일어납니다. 교류가 잘 되는 회사로
이직하세요."

/ '종적 사회 연구가' 닭

울타리에 갇힌 닭과
야생에 사는 닭의 생존법

종적 사회는 서열을 중시하는 집단입니다. 울타리에 갇혀 사는 우리 닭들의 세계도 종적 사회라고 할 수 있어요. 수십 마리의 닭이 좁은 공간에서 갑갑하게 살아가기 때문에 얼굴을 마주치자마자 싸움이 벌어지고, 승패에 따라 즉시 서열이 결정되죠. 1등 닭은 다른 모든 닭을 쿡쿡 쪼아대고, 2등 닭은 3등 닭 이하를 모두 쿡쿡 쪼아댑니다.

꼴등 닭은 안타깝지만 다른 모든 닭에게서 쪼임을 당하죠. 어떤 연구에 따르면 우리 닭들은 이렇게 서열을 정함으로써 집단의 질서를 유지한다고 해요(납득할 수 없어!).

당신의 회사도 그런 이상한 논리로 약자를 만들어 괴롭히는 게 아닐까요? 사실 야생에서 지내는 닭들은 그런 서열이 거의 없다고 해요. 야생에서는 무리의 규모가 크기 때문에 서열을 정해봤자 흐지부지되기 십상이고 도망칠 공간도 넓으니까요. 닭이나 인간이나 갑갑한 장소에 있으면 자기방어를 위해 서열을 만드나 봅니다.

이직을 하고 싶다면 공간이나 인간관계 면에서나 여유로운 회사로 옮기는 게 좋을 것 같아요. 부서끼리 교류가 왕성하고, 사람들 사이에 장벽이 없는 자유로운 분위기의 회사에서 일하세요.

상담자 프로필

이름	닭
사는 곳	세계 각지
몸길이	50~70cm
몸무게	0.9~5kg
좋아하는 음식	곡물, 식물, 과일
싫어하는 것	여우, 족제비, 담비

성공하려면 남을 밟아야만 하나요

"부서 안에서 경쟁이 심해 서로의 발목을 잡아당기는 상황입니다.
내가 성공하려면 남을 밟고 설 수밖에 없는 건가요?"

/ 48세 남성

"경쟁하는 것보다 서로 돕는 편이 결국에는 모두 이익입니다."

/ '의외의 평화주의자' 점박이하이에나

사바나의 악당 하이에나가
사실은 평화주의자인 이유

야생 동물의 세계는 흔히 약육강식이라고들 하는데, 인간 세계도 그에 못지않게 살벌하군요. 우리가 사는 사바나에서도 치열한 생존 경쟁이 끊임없이 벌어집니다. 하지만 그 와중에 우리 점박이 하이에나는 똘똘 뭉쳐 평화주의를 고수하며 살아간답니다. 보통 한 무리는 10~20마리로 구성되는데, 태어날 때부터 서열이 정해져 있어서 분쟁이 일어나는 일은 드물죠.

엄마 하이에나들은 공동으로 육아를 하기 때문에 젖이 안 나오는 엄마 대신에 다른 엄마가 그 새끼에게 젖을 물려주기도 합니다. 만약 부상을 당해 사냥에 나서지 못하는 동료가 있다면 먹을 것을 나눠 주기도 하죠. 먹을 것을 건네받은 동료는 건강을 회복한 후 다시 사냥에서 큰 활약을 펼쳐 은혜를 갚습니다. 다른 무리와 피 튀기며 싸우는 일은 거의 벌어지지 않죠. 사냥감을 다른 무리에게 새치기당하더라도 그냥 물러납니다. 공연히 싸우다가 다치는 것보단 그렇게 싸울 힘으로 다른 사냥감을 찾는 편이 훨씬 나으니까요.

이런 행위는 모두 무리의 결속과 번영을 위한 것이에요. 약자를 도태시키거나 서로 싸우다 다치기라도 하면 결국 무리 전체가 약해지고 사바나의 혹독한 환경에서 살아남을 수 없으니까요.

정말로 성공을 거두고 싶다면 서로 헐뜯으며 싸우고 있을 여유가 없습니다. 손을 맞잡고 서로 도우면서 생존과 발전을 위해 노력해야 합니다.

상담자 프로필

이름	점박이하이에나
사는 곳	서아프리카에서 동아프리카까지
	아프리카 남부
몸길이	1.2~1.4m
몸무게	50~80kg
좋아하는 음식	누, 새, 곤충
싫어하는 것	사자

회사에 단짝이 없습니다

"회사에 단짝이라고 부를 만한 친구가 없습니다. 사회는 원래 이 런 건가요?"

/ 25세 여성

"어른이 된 후의 교우 관계는 우정만으로 유지되지 않습니다."

/ '바다의 현실주의자' 흰동가리

흰동가리와 말미잘의
윈-윈 하는 현실적 우정

이젠 희미한 기억으로 남아 있을지 모르지만, 학생 시절에는 순수한 우정으로 친구를 사귀었습니다. 하지만 그건 어디까지나 학생 시절의 이야기일 뿐 시기와 질투가 만연한 어른들의 사회에서는 불가능한 일이죠.

제 단짝은 말미잘인데, 솔직히 말하면 우리는 이익을 주고받는 친구 관계입니다. 저는 작은 물고기라 사방에 적들이 가득하지만 독을 품은 말미잘 옆에 있으면 위험이 닥쳤을 때 재빨리 말미잘 안으로 숨을 수 있죠(저는 몸에서 점액을 분비해 말미잘의 독을 누그러뜨립니다). 그 보답으로 저는 말미잘의 적을 쫓아내주거나 먹이 부스러기를 떨어뜨려 말미잘에게 먹입니다. 그러면 말미잘은 안심하고 촉수를 뻗어 느긋하게 일광욕을 즐기면서 쑥쑥 성장하죠. 저와 말미잘은 모습도 생활 방식도 다르지만 이상적인 윈-윈 관계이기 때문에 우리의 우정은 영원할 것입니다.

나이가 들면 그저 우정을 나눌 단짝을 찾으려는 건 별로 좋은 방법이 아닙니다. 다소 삭막해 보이더라도 냉정하게 서로를 평가하고 이익을 나눌 수 있는 관계인지 확인한 후 친구 관계를 맺는 건 어떨까요? 일방적으로 주기만 하는 친구 관계는 어른의 세계에서는 오래가지 않습니다.

상담자 프로필

이름	흰동가리
사는 곳	일본 아마미오섬 남쪽, 인도양, 태평양
몸길이	4~8cm
몸무게	알 수 없음
좋아하는 음식	플랑크톤
싫어하는 것	커다란 물고기

협상 자리에서 욱하곤 합니다

"협상 자리에서 상대방과 곧잘 싸움을 해버립니다. 원만하게 이야기를 나누는 비결은 무엇인가요?"

/ 33세 남성

"냉정을 잃고 감정이 앞서면 자칫 재앙을 부를 수 있습니다. 물러날 때는 물러나고 다음을 대비하세요."

/ '협상의 고수' 두건물범

목적을 위한 일보 후퇴
두건물범의 현명한 선택

일을 어떻게든 성사시키고자 하면 감정이 달아오르는 게 당연합니다. 그래서 우리 두건물범도 번식기에는 싸움이 끊이지 않죠. 서로 기를 쓰고 암컷을 차지하려고 하니 어쩔 수 없어요. 그런 한 치의 물러섬도 없이 대립하는 싸움은 평행선만 달릴 뿐입니다.

이런 상황으로 치달으면 대부분의 동물은 흔히 힘으로 승부를 보지만, 우리는 되도록이면 서로를 다치게 하지 않습니다. 극으로 치달을 수 있는 대립을 한순간에 수습하는 필살기는 바로 코 풍선이죠. 코의 일부를 팽창시켜 서로 크기를 과시함으로써 승부를 내는 방식입니다.

처음에는 코 바깥쪽 피부를 팽창시켜 검은색 풍선을 만듭니다. 그러다 더욱 성이 나면 좌우의 코를 가로지르는 격벽을 부풀어 오르게 해서 풍선을 붉게 만들죠. 이걸 보면 '상대방이 상당히 화가 나 있구나'라고 느끼고 일단 물러납니다. 그래서 유혈 사태로 번지는 경우는 좀처럼 없습니다. 생각해보면 애초에 우리의 목적은 아내를 얻어 자손을 남기는 것이기 때문에 자칫 치열하게 싸우다가 목숨을 잃는 것보단 차라리 도망치는 편이 훨씬 낫습니다.

당신도 그런 협상 자리에서 단순히 싸워 이기는 게 목적은 아

니겠죠? 그렇다면 단 한 번의 싸움에 목숨 걸지 말고 피를 흘리기
전에 용기 있게 후퇴하세요. 마음을 가라앉히고 나서 다시 시도한
다면 협상을 원만하게 이끌어나갈 수 있을 겁니다.

상담자 프로필

이름	두건물범
사는 곳	북대서양에서 북극해에 이르는 지역
몸길이	2.2~2.5m
몸무게	320~400kg
좋아하는 음식	물고기, 오징어
싫어하는 것	북극곰

취미가 없어서 스트레스가 쌓여요

"저는 태어나서 한 번도 취미를 가져본 적이 없어요. 그래서 일에서 받는 스트레스를 해소할 방법을 모르겠습니다."

/ 38세 남성

"지금 하고 있는 일과 동떨어진 일을 하면 대체로 스트레스를 해소할 수 있습니다."

/ '스트레스 해소의 명인' 집고양이

고양이에게 배우는
세상에서 가장 쉬운 스트레스 해소법

스트레스를 해소할 방법을 모른다는 게 고민이라고요? 그 방법을 모른다는 것 자체가 또 스트레스가 될까 봐 걱정이네요. 저같은 고양이도 취미가 없다면 없다고도 할 수 있지만 스트레스를 쌓아두는 경우는 별로 없습니다. 뭐, 그렇지만 스트레스는 분명 있죠. 바깥으로 나가고 싶은데 나가지 못한다거나, 싫어하는 사람이 저를 쓰다듬는다거나 하면 스트레스를 받죠.

그럴 때면 저는 전위행동(displacement behavior)이라는 간단한 스트레스 해소법을 활용합니다. 쉽게 말하면 본심과는 전혀 다른 행동을 함으로써 기분을 달래는 것이죠. 졸리지도 않은데 하품을 한다거나, 발톱을 간다거나, 몸을 핥는 것 같은 의미 없는 행동을 하는 거예요. 전혀 할 필요 없는 행동이지만 일단 시작하면 그 행동에 집중하게 되고 어느새 스트레스를 잊어버려요.

인간도 마찬가지라고 생각해요. 남에게 내세울 만한 화려한 취미를 가지려고 하면 좀처럼 실현하기가 힘들기 때문에 처음에는 소소한 취미부터 시작하는 게 좋습니다. 가끔 생각날 때마다 요리를 해본다거나, 몸이 찌뿌듯할 때마다 달리기를 해보는 건 어떨까요? 일과는 상관없이 조금이라도 마음이 끌린다면 무엇이든 일단 해보는 거예요.

꾸준히 해야 한다고 스스로를 닦달할 필요도 없습니다. 일을 잊고 빠져들 수 있다면 모두 괜찮습니다. 부담 갖지 말고 자꾸 새로운 취미에 도전해보세요. 의외로 흥미를 느끼는 어쩌면 평생의 취미를 발견할지도 모릅니다.

상담자 프로필

이름	집고양이
사는 곳	세계 각지
몸길이	50~70cm
몸무게	2~6kg
좋아하는 음식	닭고기, 생선
싫어하는 것	개, 까마귀

이마이즈미 선생의 동물 잡담

직장 편

 여기서는 동물에 관해 모르는 게 없는 동물학자 이마이즈미 다다아키 선생님이 고민을 상담해주면서 인생에 도움이 되는 교훈을 들려줍니다. 이번에는 직장에서 겪는 '일에 관한 고민'입니다.

이마이즈미: 요즘 왠지 안절부절못하는 표정을 자주 짓는 것 같아요.

C: 회사 내 경쟁이 심해서요. 다들 좋은 자리로 승진하고 싶어 해요. 어떻게든 그 녀석들을 끌어내려야 할 텐데…….

이마이즈미: 거참, 각박한 현실이군요. 경쟁이 심해지면 결국은 전체 분위기가 험악해질지도 몰라요.

C: 하지만 동기들한테는 절대로 지고 싶지 않아요.

이마이즈미: 잠깐 동물 세계를 살펴볼까요? 같은 환경에 사는 동물이라도 서식 장소가 약간씩 다르다는 거, 알고 계세요? 같은 시냇물에 사는 곤들매기와 산천어의 경우에도 곤들매기가 상류에 살고 산천어가 약간 하류에 사는 등 서식지가 갈리기 때문에 서로 경쟁할 가능성이 낮죠.

C: 하지만 양쪽이 서로 양보하지 않으면 큰 싸움이 벌어지겠죠.

이마이즈미: 어쩌면 과거에 싸움이 있었는지도 모르지만 결과적으로 어느 한쪽이 멸종하지 않고 양쪽 다 살아남았어요. 서로 균형을 맞춰 공존하는 건 사바나든, 정글이든 동물 세계의 어느 곳

이나 마찬가지예요.

C: 한쪽을 멸망시킬 때까지 싸우는 건 인간뿐인가…….

이마이즈미: 목표를 갖는 건 좋아요. 하지만 어느 정도 물러날 때를 아는 것도 중요하죠. 자신을 위해서도, 조직을 위해서도 말이에요.

✳ 경쟁에 휩쓸리는 당신에게 전하는 교훈 ✳

경쟁이 심하면 결국 자신이나 집단이나 활력을 잃고 만다. 때로는 뒤로 물러나 평화로운 직장 생활을 유지하는 것도 지혜로운 방법이다.

4. 연애에 관한 고민

짝사랑 고백이 실패할까 두려워요

"같은 반에 좋아하는 여학생이 있는데, 제게 관심이 없는 것 같아요."

/ 18세 남성

"소극적이면 평생 짝사랑만 하게 됩니다. 눈에 띄는 행동으로 자신의 매력을 어필하세요!"

/ '대담한 사랑꾼' 흰발농게

집게발로 상대를 유혹하는
흰발농게의 기술

같은 반 여학생을 짝사랑한다고요? 그 열정, 부럽습니다! 자랑은 아니지만 우리 흰발농게는 암컷을 유혹하는 데 프로랍니다. 오직 암컷을 유혹하는 데만 쓰는, 평소에는 전혀 도움이 되지 않는 집게발을 거대하게 진화시켰을 정도니까요.

우리는 평상시에 갯벌에 구멍을 뚫고 암수가 따로따로 들어가 살지만 번식기가 되면 암컷은 구멍에서 나와 수컷을 찾기 시작하죠. 이때부터 수컷들은 몹시 분주해집니다. 수컷 흰발농게는 먼 곳에 있는 암컷도 잘 볼 수 있도록 집게발을 위아래로 흔드는데, 커다란 집게발을 좋아하는 암컷을 위해 되도록이면 집게발을 크게 흔들죠. 이왕이면 다리도 쫙 뻗어서 매력을 더욱 어필합니다.

사실 이 거대한 집게발은 일상생활에서는 아무짝에도 쓸모없습니다. 오히려 먹이를 먹는 데 방해가 되기도 하죠. 그래서 먹이를 먹을 때는 반대쪽의 작은 집게발만 사용합니다. 하지만 이 거대 집게발이 암컷을 유혹하는 데는 탁월한 기능을 하기 때문에, 암컷의 눈에 들기 위해서라면 이 정도 불편쯤은 감수할 수 있답니다.

일단 소극적인 태도를 버리고 적극적으로 눈에 띄는 행동을 해보세요. 학급 위원으로 출마해보거나 합창대회의 지휘자를 맡아

보는 건 어떨까요? 자신의 특기를 살려 그녀의 눈에 들 만한 일을 해보는 건 어때요? 그 정도 노력도 할 수 없다면 그건 진정한 사랑이 아니겠죠!

상담자 프로필

이름	흰발농게
사는 곳	일본, 중국, 한반도, 대만
몸길이	약 2~4cm
몸무게	알 수 없음
좋아하는 음식	박테리아, 규조
싫어하는 것	물새, 물고기, 다른 게

자주 싸워서 지쳤습니다

"남자 친구와 싸움을 자주 합니다. 이제 헤어지는 편이 좋을까
요?"

/ 26세 여성

"싸움은 나쁜 게 아니에요. 싸우고 나서 화해하지 않는 게 더 나
쁩니다."

/ '화해의 달인' 침팬지

스킨십으로 화해를 시도하는
침팬지의 사랑법

사실은 사이가 좋기 때문에 싸움도 하는 거랍니다. 우리 침팬지도 인간과 마찬가지로 자주 싸워요. 그런데 침팬지가 인간과 다른 점은 싸우고 나서 곧바로 화해한다는 것이죠.

물론 싸운 직후에는 서먹서먹하고 화가 좀처럼 가라앉지 않는 경우도 있어요. 하지만 냉전 상태를 벗어나지 못하고 질질 끌면 무리 전체의 분위기가 나빠져서 생활에 지장이 생기기도 합니다. 그래서 한쪽이 기회를 봐서 상대방에게 살며시 다가가 슬그머니 몸을 만지죠. 상대방이 아직 화가 나 있다면 잠깐 더 기다렸다가 가만히 털을 손질해줍니다. 그러다 서서히 포옹도 하고 키스도 하면서 화해하게 되죠.

새끼 침팬지들도 어른 못지않게 화해하는 데 선수예요. 어쩌다 싸우더라도 금방 함께 어울려 놀면서 마음을 풀기 때문에 샐쭉 토라졌던 마음이 오래가지 않습니다. 대개 싸움은 어느 한쪽만 일방적으로 잘못해서 일어나는 경우가 없죠. 양쪽 다 어느 정도 잘못이 있어요. 그러니 각자의 잘못에 대해 서로 사과하면 그만입니다. '왜 내가 사과해야 해?'라며 뻗대기만 하면 시간이 지나 돌이킬 수 없는 결과를 초래할 수 있어요.

　망설이지 말고 먼저 남자 친구에게 다가가 화해의 제스처를 취해보세요(스킨십을 적극 추천합니다!). 당신의 따뜻한 손길에 남자 친구의 얼어붙은 마음이 금세 녹아내릴 거예요.

상담자 프로필

이름	침팬지
사는 곳	서아프리카에서 중앙아프리카에 이르는 지역
몸길이	70~92cm
몸무게	30~40kg
좋아하는 음식	과일, 곤충, 나뭇잎, 나무껍질
싫어하는 것	표범

내 선물을 좋아하지 않는 것 같아요

"큰맘 먹고 선물을 해줬는데, 여자 친구의 반응이 시큰둥해서 서운합니다."

/ 25세 남성

"상대방이 기뻐할 만한 선물을 주려면 상대방의 입장에서 생각해야 합니다."

/ '선물의 달인' 물총새

애인에게 먹이를 떠먹여주는
물총새의 지극정성 연애

고민 끝에 어렵사리 선물을 골랐는데 여자 친구가 '이게 뭐지?' 하는 표정을 짓는다면 정말 서운할 것 같네요. 우리 물총새 수컷들은 번식기에 암컷에게 프러포즈를 하는데, 이때 빼놓을 수 없는 게 바로 선물입니다. 보통은 물고기나 새우를 잡아서 암컷에게 선물로 주죠. 이걸 암컷이 맛있게 먹어주면 프러포즈가 성공하고 정식으로 부부가 된답니다.

하지만 암컷 물총새는 순 제멋대로라서, 아니 성격이 무척 섬세해서 물고기든 새우든 받아먹기 쉽게 건네주지 않으면 선물을 받지 않습니다. 처음부터 끝까지 다 떠먹여줘야 하는 셈이죠. 그래서 물고기의 아가미가 부리에 걸리지 않도록 대가리를 암컷 쪽으로 향하게 해서 세로로 건네줘야 합니다. 싱싱한 물고기를 좋아하겠지 싶어 파닥거리는 물고기를 건네주면 암컷은 삼키기 힘들기 때문에 오히려 싫어하죠. 그럴 땐 물고기를 나무에 내동댕이쳐서 기절시켜야 해요. 너무 커다란 물고기도 삼키기 어려울 테니 싫어하겠죠? 좋으라고 준 선물인데 기대에 어긋난 반응이 돌아올 수도 있다고 생각하면 여간 신경 쓰이는 게 아니에요.

평소 여자 친구의 소지품이나 옷차림을 살펴보면서 그녀의 취향을 파악해두면 어떨까요? 어떤 선물을 원하는지 미리미리 물어보는 것도 좋지 않을까 싶네요. 선물은 상대방이 기뻐해야 비로소 의미가 있는 것이니까요. 상대방의 입장에서 생각하고 이리저리 궁리하다 보면 곧 선물 고르기의 달인이 될 것입니다.

상담자 프로필

이름	물총새
사는 곳	유럽, 아시아, 북아프리카
몸길이	약 16cm
몸무게	30~35g
좋아하는 음식	물고기, 새우, 곤충
싫어하는 것	뱀, 족제비, 여우

'흔남'도 연애를 할 수 있을까요

"옷을 잘 입지 못해서 여자들에게 인기가 없어요. 어떻게 하면 여자 친구가 생길까요?"

/ 17세 남성

"여자들에게 인기 있는 친구와 같이 다니면 반드시 기회가 찾아올 겁니다."

/ '연애술사' 청개구리

인기 있는 친구를 이용하는
청개구리의 연애 기술

흔히 '외모보다는 마음'이라고 말하지만 연애에서 외모가 중요하다는 사실은 부정할 수 없는 것 같아요. 사실 우리 청개구리 세계에서도 매력남과 비매력남이 존재합니다. 사랑의 계절에 수컷 청개구리는 울음소리로 암컷을 유혹하는데, 몸집이 작거나 구애에 서툰 어린 수컷은 인기가 없습니다. 몸집이 크고 울음소리가 우렁찬 수컷만 암컷의 관심을 끌죠.

그러면 우리는 무리해서 경쟁하기보다는 그 매력남 곁에서 숨죽인 채 가만히 기다립니다. 매력남 주변에는 암컷들이 우르르 몰려들어 금세 시끌벅적해지죠. 그 혼잡한 틈을 타서 매력남을 둘러싼 암컷들에게 재빨리 다가가 착 달라붙습니다. 갑자기 끼어들어 암컷을 가로채는 것 아니냐고요? 꼭 그렇지만도 않아요. 모든 암컷이 죄다 매력남과 사귈 수 있는 건 아니니까요. 비슷비슷한 이들끼리 적당히 만나 사귀는 것도 나름대로 행복이지 않을까요? 매력남이 홀로 우렁차게 울어주는 덕분에, 우리는 괜히 목청껏 울 필요도 없으니 일석이조랍니다.

여자들에게 인기 있는 친구와 같이 다니다 보면 아마 여자들을 만날 기회가 끊이지 않을 거예요. 그러다 보면 그중 한 명과 사랑이 싹틀 수도 있겠죠. 청개구리의 작전을 꼭 시도해보세요!

상담자 프로필

이름	청개구리
사는 곳	한반도, 일본 홋카이도에서 규슈에 이르는 지역
몸길이	2~5cm
몸무게	알 수 없음
좋아하는 음식	곤충, 거미
싫어하는 것	새, 뱀, 족제비

여자 친구의 마음이 변했어요

"사귀기 시작한 순간부터 여자 친구가 변했습니다. 전에는 청순하고 다정했는데, 갑자기 까칠해지고 폭력적으로 변했어요!"

/ 20세 남성

"여자는 교묘하게 본성을 숨기는 존재입니다. 이를 알아차리지 못한 남자에게도 잘못이 있습니다."

/ '청순한 터프 걸' 때까치

귀여운 외모 뒤에 숨겨진 본성
때까치의 터프한 매력

예쁘고 깜찍한 얼굴 뒤에 거칠고 난폭한 본성을 숨긴 여자들은 세상에 수두룩합니다. 저도 언뜻 보기에는 귀엽고 작은 새일 뿐이지만 사실 무시무시한 일면이 있죠. 초가을에 우리는 포획한 사냥감을 나뭇가지에 꽂아두는 섬뜩한 행동을 합니다. 그렇게 꽂아두어야 커다란 사냥감을 뜯어먹기가 쉽고, 그대로 남겨두었다가 나중에 다시 와서 먹을 수도 있거든요. 뭐, 개구리나 뱀을 통째로 푹 쑤셔놓은 채 방치하기도 하니까 "얼굴은 귀여운데 완전히 사이코패스네"라는 말을 들어도 할 말이 없죠.

하지만 이건 살아가기 위해 꼭 필요한 행동이기 때문에 그런 모습을 보고 실망했다고 하면 저는 억울해요. 보이는 모습만으로 오해받는 여성들의 심정이 이렇지 않을까 싶네요. 인스타그램에 요리 사진을 올렸다고 해서 꼭 요리를 잘하는 건 아니거든요. 그 사진을 보고 '요리를 잘하는 차분한 여자인 줄 알았더니 의외로 성미가 괄괄한 여자였어'라며 혼자 기대하고 낙담하면 곤란합니다.

선입견에 빠져 혼자 앞서 나가지 말고 여자 친구의 일상을 유심히 살펴봐주세요. 그리고 좋은 점이든 나쁜 점이든, 있는 그대로의 모습을 받아들여주세요.

상담자 프로필

이름	때까치
사는 곳	동아시아, 동남아시아
몸길이	약 20cm
몸무게	31~44g
좋아하는 음식	곤충, 개구리, 도마뱀
싫어하는 것	맹금류, 까마귀

나이 차이가 커서 고민입니다

"스무 살 연상의 남성과 사랑에 빠졌습니다. 나이 차이가 이렇게 많이 나는 건 이상한가요?"

/ 21세 여성

"경험이 풍부한 남성에게 끌리는 건 매우 흔한 일입니다."

/ '매력적인 아저씨' 꽃사슴

크고 멋진 뿔을 가진
꽃사슴이 인기 있는 이유

나이 차이가 많이 나는 커플은 인간 세계에서 더 이상 드문 일이 아니니 너무 속 태울 필요는 없습니다.

우리 꽃사슴들은 아저씨에게 사랑을 느끼는 게 오히려 당연한 일이에요. 꽃사슴은 수컷만 뿔을 갖고 매년 뿔갈이를 하는데, 가을부터 시작되는 발정기에는 암컷을 두고 수컷끼리 뿔싸움을 벌이죠. 대부분의 경우 나이가 들수록 뿔이 크고 갈래가 많아집니다. 두 살 때는 한 가닥이었다가 세 살 때는 두 갈래로 나뉘고, 네 살 때는 세 갈래, 다섯 살부터는 네 갈래로 나뉘어 나뭇가지 모양의 멋진 뿔이 되죠. 몸집이 크고 멋진 뿔을 지닌 강한 수컷만이 영역을 차지하고 많은 암컷과 짝짓기를 할 수 있어요. 따라서 아무래도 연상의 수컷이 짝짓기에 성공할 확률이 높죠. 암컷의 눈에도 한 가닥짜리 뿔을 가진 젊은 수컷보다는 풍부한 인생 경험을 지닌 듬직한 어른 수컷이 안심하고 출산하기에 훨씬 나아 보입니다.

다만 아무리 연상이라도 실속이 변변찮다면 그냥 단순한 아저씨일 뿐입니다. 나이에 구애받지 말고 상대방이 어떤 사람인지 잘 살펴본 후, 함께 인생을 헤쳐나갈 수 있는 상대인지 고민해보기 바랍니다.

상담자 프로필

이름	꽃사슴
사는 곳	동아시아, 동남아시아
몸길이	0.9~1.9m
몸무게	25~130kg
좋아하는 음식	꽃, 풀, 씨앗, 나무껍질
싫어하는 것	곰, 들개

내 취향을 존중해주지 않아요

"피규어를 즐겨 모으고 있습니다. 그런데 여자 친구는 모아놓은 피규어들을 얼른 갖다 버리라며 저를 혼내요."

/ 32세 남성

"취미를 함께 나눌 수 있는 동지 같은 애인을 만나보는 건 어떨까요?"

/ '열정적인 수집가' 그레이트바우어새

같은 취향을 지닌 짝을 찾는
그레이트바우어새의 노력

좋아하는 물건을 모으는 데 푹 빠진 수집가의 기분, 제가 누구보다 잘 이해하죠! 우리 그레이트바우어새도 엄청 열정적으로 물건을 수집하거든요. 그것 때문에 제 둥지에 놀러온 암컷이 흠칫 놀라기도 하죠.

우리 그레이트바우어새는 암컷의 마음을 끌기 위해 낙엽이나 나뭇가지로 쉼터를 만듭니다(사랑을 나누는 공간이죠). 그리고 암컷을 더 기쁘게 해주려고 쉼터를 화려하게 장식하죠. 여기에는 각자의 취향이 강하게 반영되는데, 회색과 흰색으로만 장식하는 녀석도 있고 주황색 꽃으로 포인트를 주는 녀석도 있습니다. 흰색으로 장식할 때 뼛조각만 사용하거나 달팽이 껍데기만 고집하는 아주 특이한 수집벽을 지닌 녀석도 있죠. 하지만 암컷의 취향 역시 천차만별이기에 결국에는 다들 취향에 맞는 상대방과 짝을 이루게 된답니다.

지금의 여자 친구는 피규어를 모으는 당신의 취미를 이해해주지 않는 모양이군요. 하지만 당신의 취미를 좋아해주는 여성은 어딘가에 반드시 있을 거예요. 자신의 취미를 억지로 포기하기보다는 취향을 서로 맞춰줄 수 있는 애인을 찾는 편이 모두가 행복해지는 길이라고 생각합니다.

상담자 프로필

이름	그레이트바우어새
사는 곳	오스트레일리아 북부
몸길이	32~35cm
몸무게	약 230g
좋아하는 음식	과일, 씨앗, 곤충
싫어하는 것	고양이, 들개

키 때문에 인기가 없는 걸까요

"여자인데 키가 175센티미터예요. 키가 너무 커서 남자에게 인기가 없는 것 같아요."

/ 17세 여성

"남녀가 만나기 힘든 곳에서는 키 따위는 아무 상관없답니다."

/ '작은 남자 킬러' 초롱아귀

어두운 심해에서 사랑을 불태우는
초롱아귀의 교훈

남성보다 키 큰 여성이 연애에 불리하다는 건 말도 안 돼요! 우리 초롱아귀들은 암컷은 40센티미터 이상 성장하지만 수컷은 다 자라도 4센티미터 정도밖에 안 된답니다. 게다가 우리의 서식지인 심해는 넓고 어둡기 때문에 암컷과 수컷이 마주치는 것 자체가 기적의 확률입니다. 그래서 수컷은 암컷이 눈에 띄기만 하면 앞뒤 재지 않고 맹렬하게 달려들죠. 그래서 몸집이 큰 암컷이 어두운 바다에서도 눈에 잘 띄기 때문에 오히려 인기 폭발이랍니다.

지금 당신이 남자들에게 별로 인기가 없다고 생각한다면 여성의 비율이 낮고 남성의 비율이 높은 단체나 모임에 들어가보는 건 어떨까요? 동아리든, 학생회든, 스터디그룹이든 가리지 마시고요. 남자만 우글우글한 곳에서는 여자라는 이유 하나만으로도 주목받기 때문에 키 따위는 부차적인 문제가 되죠.

그런데 일부 수컷 아귀들은 암컷을 발견하면 암컷의 몸을 물어뜯고 그 안에 비집고 들어가 기생한다고 합니다. 인간 세계에서도 여자에게 접근해 등쳐먹으려는 한심한 남자들이 종종 있는 것 같아요. 아무쪼록 그런 못된 남자들을 만나지 않도록 조심하세요.

상담자 프로필

이름	초롱아귀
사는 곳	세계 각지
몸길이	약 4cm(수컷), 약 61cm(암컷)
몸무게	약 0.5g(수컷), 약 11kg(암컷)
좋아하는 음식	물고기, 새우
싫어하는 것	향고래

바빠서 누군가를 만날 시간이 없어요

"일이 바빠서 남자를 만날 시간이 없습니다. 평생 독신으로 살지
도 모른다고 생각하니 슬퍼져요."

/ 36세 여성

"당신에게 부족한 것은 만날 시간이 아니라 페로몬이에요."

/ '페로몬 강자' 도롱이나방

강력한 페로몬으로 수컷을 유혹하는
도롱이나방의 연애 기술

우리 도롱이나방은 나방의 일종인데, 도롱이벌레라고 해야 알아듣는 사람이 많습니다. 하지만 도롱이벌레는 도롱이나방의 애벌레를 가리키는 말이에요. 애벌레는 어미가 사는 도롱이 안에서 태어난 후 외부로 나가 스스로 도롱이를 만듭니다. 그 안에서 번데기가 되어 겨울을 나고 날개가 돋아나 성충이 되죠. 성충이 되면 수컷은 암컷을 찾아 날아다니기 시작합니다. 암컷도 도롱이 안에서 성충이 되지만, 날개와 다리가 퇴화해서 일반적인 나방과는 거리가 먼 모습으로 살아간답니다.

암컷 도롱이나방은 외부로 나갈 수 없고 평생 도롱이 안에서만 지내지만 신통하게도 수컷을 잘도 만나 자손을 남깁니다. 바로 강력한 페로몬 덕분이죠. 암컷 도롱이나방은 도롱이 아래쪽으로 머리를 내밀어 페로몬을 방출하는데, 꽤 먼 곳까지 전해지기 때문에 사방에서 수컷들이 몰려들죠. 그렇게 해서 드디어 짝짓기 상대를 찾아내면 교미를 하고 출산을 하게 됩니다. 집에서 한 발짝도 나가지 않고서 수컷을 끌어들이는 페로몬의 위력, 대단하지 않은가요?

당신도 옷차림, 헤어스타일, 사소한 몸짓과 표정을 살짝 바꿔보면 주변에서 바라보는 눈이 달라질 거예요. 굳이 소개팅에 나갈 필요 없이 좋은 사람이 알아서 다가올지도 모릅니다.

상담자 프로필

이름	도롱이나방
사는 곳	일본 각지
몸길이	3.8~5cm(도롱이)
몸무게	알 수 없음
좋아하는 음식	벚꽃이나 매화의 잎
싫어하는 것	기생파리

이마이즈미 선생의 동물 잡담

* 연애 편 *

여기서는 동물에 관해 모르는 게 없는 동물학자 이마이즈미 다 다아키 선생님이 고민을 상담해주면서 인생에 도움이 되는 교훈 을 들려줍니다. 드디어 달콤 쌉싸름한 '연애에 관한 고민'입니다.

D: 저는 약간 통통해서 그런지 20년을 살아오면서 단 한 번도 여 자 친구를 사귀어보지 못했어요. 다들 여자 친구가 있어서 부러울 뿐이네요. 이제부터라도 다이어트를 해야겠어요!

이마이즈미: D씨, 생물계의 '핸디캡 원리(handicap principle)'를 아 시나요? 쉽게 말하면 '생존에 명백히 불리해 보이는 성질을 지닌 자가 짝짓기에 유리하다'는 메커니즘이죠.

D: 에이, 그건 좀 이상한데요.

이마이즈미: 예를 들어볼게요. 휘파람새 수컷은 아름다운 목소리 로 노래할수록 암컷의 인기를 끌어요. 제비는 꽁지가 길수록, 공작 새는 꽁지가 화려할수록 암컷을 쉽게 유혹해요.

D: 그러니까 결국 눈에 잘 띄는 화려한 남자가 여자의 인기를 얻 을 수 있다는 말씀이잖아요.

이마이즈미: 그런데 말이죠. 야생 세계에서는 눈에 잘 띈다는 것이 반드시 생존에 유리하다고 할 수 없어요. 오히려 외부의 적에게 노 출이 잘 된다는 뜻이기 때문에 생존에는 명백히 불리하죠. 게다가 아름다운 목소리를 내려면 그만큼 에너지도 소모해야 하고, 너무

기다랗고 화려한 꽁지는 생활에 지장을 주기도 하죠.

D: 그렇군요. 암컷을 유혹하는 매력이 생존에는 약점이로군요.

이마이즈미: 약점이 있는데도 불구하고 활기차게 살아가는 모습이 암컷의 마음을 사로잡는 것이겠죠.

D: 다이어트보다는 춤 연습이나 해볼까요? 통통한 사람이 춤을 멋지게 추면 아무래도 귀여워 보이지 않을까요?

이마이즈미: 약점을 매력으로 바꾸는 좋은 방법이네요.

✽ 약점 때문에 연애를 못 한다는 이들에게 전하는 교훈 ✽

약점은 때로는 유리하게 작용한다. 비관하지 말고 활기차게 살다 보면 반드시 애인이 생길 것이다.

5. 학교에 관한 고민

대학 입시에서 떨어졌어요

"대학 입시에서 떨어졌습니다. 제 인생은 이대로 끝인가요?"

/ 18세 남성

"계속 이기기만 하는 동물은 없어요. 다음 승부를 위해 든든히 먹고 잠을 푹 자야 합니다."

/ '긍정적 사고의 왕' 호랑이

사냥에서 실패한 호랑이가
쿨쿨 자는 이유

왜 인간은 모든 일에서 이기려고만 하나요? 기나긴 인생에서 한 번 실패했다고 해서 그대로 인생이 끝장나는 것도 아닌데 말이죠. 그렇게 고민할 시간이 있으면 다음을 대비해 준비하는 편이 훨씬 생산적입니다.

'맹수의 왕'이라고 불리는 우리 호랑이는 사냥에 나서면 절대 실패하지 않을 것이라는 이미지가 강합니다. 하지만 실제로는 열 번의 사냥 중 한 번만 성공해도 운이 좋은 셈이죠. 창피하지만 고양이과 동물 중 우리 호랑이가 사냥 성공률이 최하위입니다. 우리도 체면이 있다 보니 어깨에 힘주고 돌아다니지만 사실 늘 배고픈 상태에 있어요. 작은 사냥감으로 끼니를 때우는 경우도 허다하죠. 알고 보면 처량한 인생입니다.

올해의 시험은 인생에 딱 한 번뿐일지도 모르지만, 내년에도 내후년에도 기회는 있습니다. 그러니까 인생은 이대로 끝이 아닙니다. 우리도 사냥에 실패하면 크게 낙담하지만 이내 철퍼덕 드러누워 자버립니다. 그래야 체력을 비축해 또다시 사냥에 나설 수 있거든요. 질질 짜고만 있으면 기운도 체력도 떨어지고 다음에 또 다시 실패하고 맙니다. 일단 기분 전환부터 해야 합니다. 다음을 대비해서 일단 먹고 자는 거죠.

🔵 상담자 프로필

이름	호랑이
사는 곳	남아시아, 동아시아
몸길이	2.4~3.1m
몸무게	100~260kg
좋아하는 음식	사슴, 멧돼지, 토끼
싫어하는 것	인간

저를 괴롭히는 친구가 있어요

"학교에서 따돌림을 당하고 있어요. 이제는 학교에 가기가 싫어요."

/ 15세 남성

"무리해서 맞서지 말고 적이 올 수 없는 곳으로 온 힘을 다해 도망치세요."

/ '도망의 명수' 카피바라

위험하다고 느껴지면
무조건 도망치는 카피바라

우리 카피바라의 주변은 무시무시한 적들로 가득합니다. 특히 퓨마나 재규어 같은 육식동물은 정말 무서워서 늘 오들오들 떨게 되죠. 하지만 현실적으로 사는 장소를 옮기기는 힘듭니다. 그래서 항상 천적의 습격에 대처할 수 있도록, 잽싸게 몸을 숨길 장소 가까이에서 생활하고 있죠.

우리가 즐겨 도망치는 장소는 물속입니다. 이래 봬도 우리는 헤엄을 잘 치기 때문에 퓨마나 재규어에게 쫓기면 온 힘을 다해 물속으로 뛰어들죠. 그리고 되도록이면 눈에 띄지 않게 눈과 코만 내밀고 적이 사라질 때까지 가만히 기다립니다. 맞서 싸울 기술이 없는 우리에게 잽싸게 도망칠 수 있는 다리는 커다란 무기입니다. 또한 대피 장소가 가까울수록 몸을 지킬 수 있는 확률도 높아지죠.

도망치는 건 결코 나쁜 게 아닙니다. 학교 안에서 도망칠 장소가 있나요? 옆 반이나 보건실이나 동아리실로 도망칠 수 있나요? 만약 그런 장소가 없다면 잠깐 휴학을 하거나 학교를 옮기는 것도 괜찮습니다. 위험하다고 느끼면 전속력으로 도망치세요. 적의 손길이 미치지 않는 안전한 곳으로 도망쳐서 자신의 몸을 지키고 마음을 추스르세요.

저를 괴롭히는 친구가 있어요

상담자 프로필

이름	카피바라
사는 곳	남아메리카의 북부와 동부
몸길이	1.1~1.3m
몸무게	35~66kg
좋아하는 음식	수변식물
싫어하는 것	퓨마, 아나콘다, 카이만

낯가림이 심해서 친구를 못 사겨요

"낯가림이 심해서 반이 바뀔 때마다 새로 적응하는 게 너무 힘들어요."

/ 14세 여성

"항상 웃는 표정을 지으면 자연스럽게 친구가 될 수 있습니다."

/ '커뮤니케이션의 달인' 검정짧은꼬리원숭이

커뮤니케이션의 달인
검정짧은꼬리원숭이의 미소 전략

인간은 언어를 사용하는데도 친구 사귀는 데는 서툴군요. 우리 검정짧은꼬리원숭이는 원숭이 종류 중에서도 표정이 월등하게 풍부합니다. 얼굴도 몸도 새까맣고 헤어스타일이 모히칸 인디언처럼 생겨서 언뜻 위협적으로 보이지만, 동료에게 인사할 때는 이빨을 활짝 드러내고 웃죠. 애정을 표현할 때는 입을 히죽거리고, 화날 때도 역시 입을 쫙 벌려 송곳니를 보여줍니다.

이처럼 목소리나 몸짓을 사용하지 않더라도 얼굴 표정 하나만으로도 기분을 전달할 수 있어요. 힘을 쓰거나 감정을 표현하는 일이 드물기 때문에 매우 평화로운 무리 생활을 할 수 있죠. 강해 보이는 외모와 달리 화목한 분위기에서 생활한답니다.

낯가림이 심한 당신은 "좋은 아침!" 하고 큰 소리로 인사하는 것조차 꽤 큰 용기가 필요한 일이겠죠. 먼저 말을 거는 게 힘들다면 상대방이 말을 걸어왔을 때라도 치아가 드러날 정도로 활짝 웃으며 응대해보세요. 목소리가 작더라도 괜찮습니다. 마음에서 우러나는 미소를 보고 싫어할 사람은 아무도 없으니까요. 교실에 있는 내내 기분 좋은 미소를 띠고 있으면 자연스럽게 주변에 친구들이 모여들고 분명 즐거운 학교생활을 할 수 있을 거예요. 힘내세요!

● 상담자 프로필

이름	검정짧은꼬리원숭이
사는 곳	인도네시아의 술라웨시섬
몸길이	52~57cm
몸무게	약 10kg
좋아하는 음식	과일, 나뭇잎, 곤충
싫어하는 것	뱀

남들에게 휘둘리고 싶지 않아요

"남들에게 휘둘리지 않고 나답게 살려면 어떻게 해야 할까요?"

/ 17세 남성

"자신의 힘으로 흐름을 거스를 수 없다면 뭔가에 의지하는 것도 좋습니다."

/ '표류 생활의 달인' 해달

다시마를 감은 해달처럼
흐름에 휘둘리지 않는 중심 잡기

인간은 남들에게 쉽게 휘둘리고, 남들이 하는 대로 따라 하려는 습성이 있는 것 같아요. 하지만 또 남들과 다르게 살려면 굳은 신념이 필요하기 때문에 대부분은 그저 흘러가는 대로 살아가는 모양입니다.

우리 해달은 바다 위를 떠다니며 삽니다. 잠잘 때도 바다 위에 떠 있기 때문에 자칫 깊이 잠들어버리면 조류를 타고 먼 바다까지 흘러가 무리에서 떨어져버리기도 하죠. 이를 막기 위해 우리는 해저에서 자라는 다시마를 온몸에 휘감고 잠자는 기술을 개발해냈죠. 자신의 힘으로 거스를 수 없는 물살 속에서도 다시마만 있으면 괜찮습니다!

아직 고등학생이라면 더욱 흐름을 거스를 힘이 부족하겠죠. 그렇다면 다시마처럼 의지할 수 있는 뭔가를 찾아보는 건 어떨까요? 예를 들어 만화나 영화에서 '나도 이렇게 되고 싶다'고 생각한 이상적인 장래의 모습을 찾아낸다면 일시적인 유행에 흔들리지 않고 중심을 잡을 수 있을 거예요. 운동이나 음악 등 흥미를 느끼는 분야를 본격적으로 배워보거나, 용기 내어 유학을 떠나보는 것도 좋고요.

세상은 의지할 곳 없는 넓은 바다와도 같습니다. 자신을 붙들어줄 다시마 같은 존재를 억지로라도 찾아본다면, 전혀 모르는 곳으로 자꾸자꾸 흘러갈 염려도 줄어들지 않을까요?

상담자 프로필

이름	해달
사는 곳	북태평양
몸길이	1~1.5m
몸무게	21~28kg
좋아하는 음식	조개, 성게, 갑각류, 물고기
싫어하는 것	범고래, 상어

학교에 가는 게 그냥 귀찮아요

"매일 학교에 다니는 게 귀찮아요. 대체 왜 학교에 가야 하는 건 가요?"

/ 13세 남성

"부모나 형제에게 배울 수 없는 것을 학교에서는 배울 수 있습 니다."

/ '함께 모여 학습하는' 혹등고래

독특한 사냥 기술을 배우는
혹등고래의 집단 학습

우연찮게도 우리 혹등고래가 함께 생활하는 무리도 '스쿨(school)'이라고 부릅니다. 스쿨은 최대 100마리 이상으로 구성됩니다. 혈연관계가 없는 녀석들도 많이 섞여 있는데, 아주 친하지도 않고 그렇다고 안 친하지도 않은 적당한 거리를 유지한 채 차가운 바다와 따뜻한 바다 사이를 여행합니다.

혈연관계와 상관없이 무리를 만드는 동물은 우리 말고도 또 있지만, 단순히 집단생활을 하는 데 그치지 않고 다양한 기술을 가르치고 전승하는 동물은 우리 혹등고래뿐이랍니다. 그렇게 전승하는 대표적인 기술이 사냥입니다. 일단 몇 마리가 입에서 거품을 내뿜어 포위망을 만듭니다. 그런 다음 사냥감을 포위망에 가둬 단숨에 먹어치우죠. 이런 독특한 사냥을 하려면 서로 호흡과 팀워크가 잘 맞아야 해요. 혈연관계가 없는 혹등고래들끼리 이렇게 암묵적인 규칙을 지켜가며 사냥할 수 있는 건 무리 안에서 학습이 이뤄지기 때문이죠.

살아가는 데 필요한 최소한의 기술은 가족에게서도 배울 수 있지만 학교에서는 훨씬 유연하고 높은 사회성을 갖출 수 있습니다. 학교는 다양한 사람들과 만나 인생 경험을 쌓을 수 있는 역동적인 장소입니다. 아무쪼록 친구들과 선생님에게서 긍정적인 자극을 받고, 학교에서가 아니면 불가능한 소중한 체험을 하기 바랍니다.

상담자 프로필

이름	혹등고래
사는 곳	남극해에서 열대 해역에 이르는 지역
몸길이	13~14m
몸무게	65t
좋아하는 음식	물고기, 크릴새우
싫어하는 것	범고래

위기에 처한 친구를 돕고 싶어요

"반에 따돌림 당하는 아이가 있습니다. 도와주고 싶지만 도저히 용기가 나지 않아요."

/ 15세 여성

"혼자서는 힘들지만 친구와 함께라면 용기를 낼 수 있습니다. 도움을 청해보세요."

/ '단결의 아이콘' 사항소

모두 한마음으로 힘을 합쳐
무리를 지키는 사향소의 용기

우리 사향소는 매머드와 같은 시대를 살다가 지금까지 쭉 살아남은 동물입니다. 사는 곳은 북극권이라서 가끔씩 북극곰이나 늑대 같은 무시무시한 천적과 맞닥뜨리기도 하죠. 당신처럼 우리도 강한 적과 홀로 대항하는 건 아무래도 힘에 부칩니다. 그래서 우리는 동료와 힘을 합쳐 적에게 맞서죠. 일단 적을 맞닥뜨리면 사냥감이 되기 쉬운 새끼를 중심에 두고 어른 사향소들이 둥글게 진을 칩니다. 약한 자를 보호하는 철벽을 치는 거죠. 힘센 수컷은 원의 가장 바깥쪽에 서서 적이 습격해오면 날카로운 뿔로 맞서 싸워 적을 쫓아냅니다.

따돌림 당하는 아이를 도와주고 싶다는 당신의 마음은 매우 훌륭합니다. 꼭 친구들을 설득해서 모두 함께 그 아이를 지켜주세요. 힘을 합친다면 용기도 100배로 커지는 법이죠.

다만 우리의 철벽에도 약점은 있습니다. 둥근 진을 칠 때 누군가가 겁을 먹고 도망치면 애써 만들어놓은 철벽에 구멍이 생기죠. 그 틈을 비집고 적이 쳐들어오면 진열이 와르르 무너져버리고 맙니다. 그래서 동료와의 결속력이 아주 중요하죠. 부디 친구들과 한마음으로 단결해서 따돌림을 없애길 바라요.

상담자 프로필

이름	사향소
사는 곳	북아메리카 북부, 그린란드
몸길이	1.9~2.3m
몸무게	200~410kg
좋아하는 음식	풀, 나뭇잎
싫어하는 것	늑대, 북극곰

눈에 띄는 행동을 하기가 겁나요

"눈에 띄는 일을 하면 잘난 체한다는 말을 들을까봐 겁이 납니다."

/ 14세 여성

"나만의 색깔을 갖고 싶다면, 하고 싶은 일을 용기 있게 해야 합니다."

/ '세상 혼자 사는 셀럽' 인도공작

거추장스러워도 화려하게
인도공작의 대범한 선택

확실히 남들의 눈에 띈다는 건 위험이 따르는 행위죠. 우리 인도공작도 그래요. 수컷 인도공작은 매우 화려한 깃털을 자랑합니다. 허리 깃이 길고 화려한 수컷일수록 암컷을 쉽게 유혹할 수 있고 그만큼 자손을 많이 남길 수 있죠. 하지만 화려한 깃털 때문에 걷기가 힘들어지고 먹이를 찾기도 어렵답니다. 적의 눈에 빨리 노출된다는 단점도 있죠. 한마디로, 눈에 띈다는 건 장점과 단점이 모두 있어요.

하지만 화려한 깃털을 유지하는 것의 단점이 장점보다 훨씬 컸다면 이제까지 살아남지 못했을 거예요. 아마도 공작의 깃털은 지금과는 달리 볼품없는 모습이었겠죠. 그런데 우리는 변함없이 아름다운 깃털을 지금껏 유지하고 있어요. 즉, 화려한 깃털을 유지하는 것의 장점이 단점보다 더 크다는 말입니다.

험담을 듣기가 두렵다면 하고 싶은 일을 포기하고 눈에 띄지 않는 평범한 학교생활을 보내는 편이 안전할지도 몰라요. 하지만 그렇게 하면 당신의 재능은 꽃필 기회를 잃고 그대로 사라질 거예요.

인생은 짧습니다. 미래에 당신의 개성과 재능을 꽃피우고 싶다면 약간의 험담쯤은 감수하고 지금 당장 하고 싶은 일을 하는 게 좋겠죠. 나아가 당신의 매력을 확실히 보여준다면 주변에서도 쉽게 당신을 깎아내리지 못할 거예요.

상담자 프로필

이름	인도공작
사는 곳	아시아 남부
몸길이	1.8~2.3m
몸무게	4~6kg
좋아하는 음식	곤충, 파충류, 과일
싫어하는 것	호랑이, 표범

뭐 하나 잘하는 게 없어요

"공부도 운동도 늘 평균 이하입니다. 열등생인 제가 너무 싫어요."

/ 16세 여성

"모든 것을 다 잘하지 못하더라도 괜찮습니다. 한 가지 기술만 있으면 충분해요."

/ '한 가지 재주로 인생 역전' 코뿔바다오리

잘 날지 못하지만 수영 특기를
살린 코뿔바다오리

하나에서 열까지 죄다 잘하는 동물은 세상에 없어요. 그렇기 때문에 지구에 다양한 동물이 존재할 수 있는 거랍니다. 우리 코뿔바다오리도 그래요. 우리는 새인데도 땅딸막해서 하늘을 제대로 날지도 못해요. 어쩌다 날더라도 착지할 땐 상당히 어설퍼서 동료와 부딪혀야 겨우 멈추는 경우도 가끔 있답니다.

그래도 우리에게는 남다른 특기가 있죠. 그것은 바로 펭귄 못지 않게 헤엄을 잘 친다는 거예요. 수심 60미터까지 잠수할 수도 있고요. 하늘에서는 사냥이 서툴지만 물속에서는 다른 새들보다 훨씬 사냥을 잘한답니다. 새인 주제에 하늘도 잘 못 날고 착지도 잘 못한다니 창피하지만 못하는 건 못하는 거죠. 어쩔 수 있나요? 대신에 우리는 다른 새들이 못하는 분야를 파고들어 특기로 삼고 열심히 살고 있답니다.

학생 시절에는 공부나 운동을 잘하는 사람이 주목받곤 하지만 그건 그때뿐이에요. 사회에 나가면 온갖 개성과 특기를 지닌 사람들이 있어요. 누구나 할 수 있는 평범한 일을 잘한다고 해서 주목받을 순 없습니다. 당신에게도 남들과 다르게 잘하는 분야가 있을 거예요. 그 특기를 소중히 가꿔나간다면 반드시 훌륭한 어른이 될 수 있습니다.

상담자 프로필

이름	코뿔바다오리
사는 곳	북대서양, 북태평양
몸길이	28~30cm
몸무게	약 400g
좋아하는 음식	정어리, 청어, 열빙어
싫어하는 것	갈매기, 여우

이마이즈미 선생의 동물 잡담

학교 편

　여기서는 동물에 관해 모르는 게 없는 동물학자 이마이즈미 다다아키 선생님이 고민을 상담해주면서 인생에 도움이 되는 교훈을 들려줍니다. 마지막으로, 청춘의 열정이 가득한 '학교에 관한 고민'입니다.

E: 저희 반에 주도적인 그룹이 하나 있는데, 항상 모든 일을 좌지우지해요. 저도 그 그룹에 어떻게든 끼어야 할까요?

이마이즈미: 음, 공룡이 왜 멸종했는지 알고 있나요?

E: 네? 지구에 운석이 충돌했기 때문이라고 들은 것 같은데…….

이마이즈미: 여러 가지 설이 있지만 지구에 커다란 환경적 변화가 일어났기 때문이란 건 확실해요. 당시 공룡은 단연 무적이었지만 그 변화에 적응하지 못해 멸종한 거죠.

E: 그게 저희 반의 주도적인 그룹과 무슨 상관이 있나요?

이마이즈미: 어디에도 천적이 없던 공룡은 평소에 생존 기술을 연마할 필요가 없었죠. 그래서 커다란 환경적 변화가 일어나자 살아남을 방도를 찾지 못하고 속수무책으로 멸종하고 만 거예요. 하지만 다른 동물들은 그동안 갈고닦은 생존 기술을 활용해 새로운 환경에 쉽게 적응하고 점차 진화해나갈 수 있었죠.

E: 권력의 달콤한 맛에 취해서 진화를 게을리했군요.

이마이즈미: 만일 그 그룹에 들어가면 한동안은 반에서 주류가 되

어 무난히 지낼 수 있겠지만 앞으로 고등학교나 대학교 같은 다른 환경에서는 어떨까요? 반의 모든 일을 좌지우지했다가 전혀 다른 환경에 가서도 잘 적응할 수 있을까요?

E: 글쎄요. 아무래도 주류인 친구들하고만 어울리기보단 다양한 친구들과 어울려야 할 것 같네요. 많은 경험을 쌓고 유연한 사람이 될 수 있도록 말이에요! 공룡처럼 멸종하면 큰일이죠.

❋ 집단에서 주류가 되고 싶은 이들에게 전하는 교훈 ❋

지금의 편한 생활에 안주하면 진화하지 못하고 유연성 없는 사람이 된다.

동물도감

'보전 상태'란?

세계에는 지금 이 순간에도 절멸 위기로 치닫고 있는 야생 생물들이 존재합니다. 이 도감에서는 '보전 상태' 칸에 각 동물의 절멸 위험도를 소개합니다. 이는 IUCN(국제자연보전연맹, 야생 생물에 관한 국제적 견해와 지식을 총괄한다)에서 작성하는 〈레드 리스트(Red List)〉(2017년 3월)의 평가 기준을 토대로 표기한 것입니다.

절멸 위급 (CR, Critically Endangered)	아주 가까운 장래에 야생에서 절멸할 위험성이 대단히 높음	
절멸 위기 (EN, Endangered)	가까운 장래에 야생에서 절멸할 위험성이 높음	
취약 (VU, Vulnerable)	절멸할 위험이 증대함	
준위협 (NT, Near Threatened)	절멸 위험도는 낮지만 서식 조건에 따라서는 절멸할 위험성이 나타날 수 있음	

이 중에서 일반적으로 절멸의 우려가 있는 야생 생물로 간주하는 카테고리는 '절멸 위급', '절멸 위기', '취약'이다. 현재 IUCN의 〈레드 리스트〉에는 이 세 카테고리 안에 2만 종 이상의 야생 생물이 기재돼 있습니다.

일본다람쥐 (JAPANESE SQUIRREL)

쥐목 다람쥐과

분포	일본 혼슈에서 규슈에 이르는 지역
서식 환경	평지에서 아고산대 삼림까지
몸길이	18~22cm
꼬리 길이	15~17cm
몸무게	210~310g
사회 단위	단독
보전 상태	절멸 우려가 있는 지역이 있음(일본의 규슈와 주고쿠)

주로 나무 위에서 생활하며 식성은 거의 식물이다. 봄에서 여름까지는 진딧물이나 곤충의 애벌레 등 동물도 먹는다. 봄에서 가을에 걸쳐 음식물을 모아 땅속에 묻거나 나뭇가지 사이에 끼워서 저장한다. 아침과 저녁에 행동하는 경우가 많고 야간에는 둥지에서 휴식한다. 짝짓기는 2~6월 사이에 1~2회 한다. 등의 털은 여름철에 적갈색이고, 겨울철에 회갈색이다. 배는 1년 내내 흰색이다.

→12쪽에 등장

아프리카코끼리 (AFRICAN ELEPHANT)

장비목 코끼리과

분포	사하라사막의 남쪽 아프리카
서식 환경	삼림 지대, 사바나, 사막 등
몸길이	5.4~7.5m
꼬리 길이	1~1.5m
몸무게	3~6t
사회 단위	무리
보전 상태	취약

사막에서 고지의 우림까지 다양한 지역에 서식한다. 아시아코끼리보다 귀가 크고, 등에 움푹 들어간 곡선이 특징이다. 수컷, 암컷 모두 길고 굽은 상아를 지닌다. 수컷은 성숙하면 원래의 무리를 떠나 단독으로 생활하거나 수 마리의 수컷 무리를 이뤄 생활한다. 암컷은 최연장자를 리더로 삼아 암컷 중심의 집단을 구성하고 서로 협력하면서 새끼를 키운다.

→16쪽에 등장

대머리우아카리 (BALD UAKARI)

영장목 사키원숭이과

분포	남아메리카 북서부
서식 환경	열대우림의 물가, 습지, 늪지
몸길이	38~57cm
꼬리 길이	14~18.5cm
몸무게	3~3.5kg
사회 단위	무리
보전 상태	취약

커다란 강가보다는 시냇가, 연못가, 습지 연안의 숲을 좋아한다. 견과류, 과일, 작은 동물 등을 먹는다. 보통 10~20마리의 무리를 이루어 생활한다. 이마에서 정수리에 걸쳐 머리털이 없고 피부가 노출되어 있다. 피부의 색은 분홍색이나 짙은 빨간색 등 개체에 따라 다르다. 아종은 체모의 색이 다르다. 하얀색 체모의 흰대머리우아카리, 밤색 체모의 붉은대머리우아카리, 검은색 체모의 검은대머리우아카리 등이 있다.

→20쪽에 등장

큰개미핥기 (GIANT ANTEATER)

유모목 큰개미핥기과

분포	중앙아메리카에서 남아메리카까지
서식 환경	사바나, 열대우림, 삼림, 초원 등
몸길이	1~1.2m
꼬리 길이	70~90cm
몸무게	20~39kg
사회 단위	단독
보전 상태	취약

체모는 검은색이 섞인 회색이고 어깨에 하얀 세로 줄무늬가 있다. 커다란 발톱이 달린 앞발로 개미집이나 흰개미 집을 부수고 60센티미터 이상 뻗는 혀로 개미를 핥아 먹는다. 혀는 돌기가 있고 끈적거리는 타액으로 덮여 있기 때문에 혀에 달라붙은 사냥감을 효과적으로 포식할 수 있다. 낮과 밤을 가리지 않고 활동하는데, 때로는 먹이를 찾아 수 제곱킬로미터에 이르는 넓은 범위를 이동한다.

→24쪽에 등장

도토리딱따구리 (ACORN WOODPECKER)

딱따구리목 딱따구리과

분포	북아메리카 서부에서 남아메리카 북부에 이르는 지역
서식 환경	삼림 지대
몸길이	약 23cm
몸무게	65~90g
사회 단위	단독
보전 상태	절멸 위험성 적음

암컷과 수컷 모두 광택 있는 검은 깃털을 지니며 정수리 부위는 빨간색이다. 암컷은 머리 앞부분이 검다. 일반적으로 참나무와 소나무 숲에서만 서식하고 3~12마리의 집단을 이뤄 생활한다. 먹이는 주로 건조한 도토리다. 부리로 나무줄기에 구멍을 뚫고 그 안에 도토리를 저장하는 습성이 있다. 암수 한 쌍이 짝을 이뤄 번식하며 전해에 태어난 젊은 새가 육아를 도와주는 경우도 있다.

→28쪽에 등장

참집게 (HERMIT CRAB)

십각목 집게과

분포	홋카이도에서 규슈와 그 주변에 이르는 지역, 러시아, 한국 등
서식 환경	암초 지대, 얕은 바다
몸길이	6cm 이하
몸무게	알 수 없음
사회 단위	단독
보전 상태	절멸 위험성 없음

소형 집게이며 암컷보다 수컷이 크다. 몸은 연갈색이고 집게발에 방울 모양의 돌기가 있다. 발끝은 흰색이다. 썰물 때 조수 웅덩이 등에서 낮 시간부터 활동하며 탈피를 반복하면서 성장한다. 소라껍데기 등 구멍이 넓은 조개껍데기 안에 주로 들어가 지내고 성장하면서 점점 더 큰 조개껍데기로 이사한다. 젊은 개체의 집게발은 하얗지만 탈피를 거듭하면서 변색된다.

→32쪽에 등장

오랑우탄 (ORANGUTAN)

분포	동남아시아의 보르네오섬, 수마트라섬
서식 환경	열대우림
몸길이	1.1~1.4m
꼬리 길이	없음
몸무게	40~90kg
사회 단위	단독
보전 상태	절멸 위급

젊을 때는 체모가 밝은 초콜릿색이며 어른이 되면 짙어진다. 암수 한 쌍이 새끼가 8세가 될 때까지 함께 살지만 그 외에는 단독으로 생활한다. 일생의 대부분을 나무 위에서 보낸다. 유전적으로 보르네오오랑우탄과 수마트라오랑우탄으로 분류되는데, 삼림 벌채 등으로 서식지가 급작스럽게 감소해서 양쪽 모두 절멸 위기에 처했다.

북방하늘다람쥐 (EZO FLYING SQUIRREL)

쥐목 다람쥐과

분포	일본(홋카이도)
서식 환경	평지에서 아고산대에 걸친 삼림 지역
몸길이	14~20cm
꼬리 길이	10~14cm
몸무게	150~200g
사회 단위	단독
보전 상태	절멸 위험성 없음

여름철에는 배가 옅은 다갈색이고 겨울철에는 옅은 회갈색이 된다. 낮 동안에는 나무 구멍 등에서 휴식을 취하고 야간에 나무들 사이를 활공해 이동하거나 먹이를 먹는다. 육아 기간 외에는 단독으로 행동하는데, 하나의 둥지에 여러 개체가 동거하기도 한다. 1년에 두 번 번식하며 한 번에 2~6마리의 새끼를 낳는다. 북방하늘다람쥐를 포함한 대륙하늘다람쥐는 유라시아 북부 전역에 분포한다.

→40쪽에 등장

회색늑대 (GRAY WOLF)

식육목 개과

분포	북아메리카, 유럽, 아시아, 그린란드
서식 환경	삼림, 산악 지대, 툰드라, 사막 등
몸길이	1~1.5m
꼬리 길이	31~51cm
몸무게	12~80kg
사회 단위	무리
보전 상태	절멸 위험성 적음

체모는 회색 또는 황갈색이지만 지역에 따라 흰색, 빨간색, 갈색, 검은색 등의 변이가 있다. 보통 12~18마리 정도의 가족 무리(pack)를 형성하고 영역을 만들어 생활한다. 무리에는 최우위의 암수 한 쌍을 중심으로 명확한 서열이 있고 사냥감을 먹는 순번 등은 그 서열에 따라 정해진다. 새끼 중에 몇 마리는 성숙한 후에도 무리에 남아 육아와 사냥을 돕는다.

→44쪽에 등장

큰고니 (WHOOPER SWAN)

기러기목 오리과

분포	유라시아 대륙 북부, 아이슬란드, 유럽, 아시아
서식 환경	강, 호수, 연못, 늪, 습지대
몸길이	1.4~1.6m
몸무게	8~12kg
사회 단위	암수 한 쌍
보전 상태	절멸 위험성 적음

몸 전체는 흰색이고 위쪽 부리 시작 부분은 노란색이며 끝부분은 검은색이다. 노란색 부분의 면적이 검은색 부분보다 넓다. 젊은 개체는 온몸이 회갈색이다. 일본에는 겨울 철새로서 혼슈 이북에 날아들고, 도호쿠 지방이나 홋카이도에서 흔히 볼 수 있다. 여름에는 캄차카반도에서 스칸디나비아반도에 걸친 유라시아 한대 지역에서 번식한다. 주요 먹이는 물풀이지만 수생곤충 등도 잡아먹는다.

→52쪽에 등장

해마 (SEA HORSE)

실고기목 실고기과

분포	세계 각지의 열대 및 온대 바다
서식 환경	얕은 바다, 해초가 빽빽이 자란 해변
몸길이	1.4~35cm
몸무게	알 수 없음
사회 단위	단독
보전 상태	정보 부족

실고기과 해마속으로 분류되는 종의 총칭이다. 열대에서 온대에 걸친 바다에 서식하며 일부는 민물과 바닷물이 만나는 곳에서도 볼 수 있다. 보통은 꼬리를 해초나 산호에 휘감아 몸을 고정하는데, 가슴지느러미와 등지느러미를 섬세하게 움직여서 헤엄칠 수 있다. 육식성이며, 작은 물고기나 갑각류, 소형 동물플랑크톤 등을 포식한다. 수컷이 수정란을 키우는 유일한 동물이다.

→56쪽에 등장

제비 (BARN SWALLOW)

참새목 제비과

분포	유라시아, 북아메리카, 남아메리카, 아프리카
서식 환경	초원, 강 주변, 농경지, 시가지 등
몸길이	11.5~21.5cm
몸무게	10~55g
사회 단위	암수 한 쌍
보전 상태	절멸 위험성 없음

등은 광택 있는 청람흑색이나 녹흑색 등이다. 배에 흰색, 담황갈색 등의 띠가 보이는 개체도 있다. 거의 전 세계에 분포하며 시가지 외에 고산, 해안, 삼림, 고원 등 다양한 환경에 적응한다. 계절마다 이동하고 일본에는 봄에서 여름에 걸쳐 날아든다. 동남아시아 등 온난한 지역에서 겨울을 난다. 한 번에 4~6개의 알을 낳고 암수 한 쌍이 함께 육아한다.

→60쪽에 등장

반달곰 (ASIATIC BLACK BEAR)

식육목 곰과

분포	동아시아, 남아시아, 동남아시아
서식 환경	산지의 낙엽수림대나 관목 지대
몸길이	1.4~1.7m
꼬리 길이	10cm
몸무게	42~120kg
사회 단위	단독
보전 상태	취약

일본을 포함한 아시아에 분포하는 소형 곰. 털은 검은색이 전형적이지만 갈색이나 회갈색인 개체도 있다. 가슴에 하얀 초승달 모양의 무늬가 있다. 잡식성이며 견과류나 과일을 좋아하지만 개미 같은 동물을 먹기도 한다. 북쪽의 반달곰은 겨울잠을 자고, 임신한 암컷은 겨울잠을 자는 동안에 출산한다. 새끼는 2~3년 동안 어미와 지낸 후 독립한다. 일본에 서식하는 것은 아종인 일본반달곰이다.

→64쪽에 등장

황제펭귄 (EMPEROR PENGUIN)

펭귄목 펭귄과

분포	남극 대륙 가장자리
서식 환경	얼음 위, 바다 연안
몸길이	1.1m
몸무게	35~40kg
사회 단위	무리
보전 상태	준위협

펭귄 종류 중에서 가장 크다. 헤엄을 잘 치며 바다에 잠수해 작은 물고기나 크릴새우를 잡아먹는다. '콜로니'라고 부르는 커다란 집단을 만들어 번식한다. 암컷은 번식기에 한 개의 알을 낳고 그 후로는 수컷이 알을 품는다. 수컷은 알이 부화한 후에도 몇 달 동안 더 새끼를 키운다. 새끼는 어느 정도 자라면 공동 육아 장소(크레시)에 참가해서 부모가 사냥하러 나간 동안에 다른 펭귄들의 돌봄을 받는다.

→68쪽에 등장

큰코뿔새 (GREAT HORNBILL)

파랑새목 코뿔새과

분포	남아시아, 동남아시아
서식 환경	열대우림
몸길이	1.5m
몸무게	3~4kg
사회 단위	단독
보전 상태	준위협

날개를 펼치면 2미터나 되는 커다란 코뿔새로, 부리 위에 있는 뿔 같은 돌기 때문에 이런 이름이 붙었다. 잡식성이며 무화과를 즐겨 먹는데, 소형 동물이나 곤충을 잡아먹기도 한다. 번식기에는 암컷이 나무 구멍 둥지에 틀어박혀 둥지 입구를 흙이나 변으로 발라 막는다. 수컷은 둥지 입구에 뚫어놓은 작은 통로를 통해 암컷과 새끼에게 먹이를 공급한다.

→72쪽에 등장

치타 (CHEETAH)

식육목 고양이과

분포	아프리카, 남아시아, 중동
서식 환경	사바나, 건조한 초원 지대 등
꼬리 길이	1.1~1.3m
몸길이	66~84cm
몸무게	39~65kg
사회 단위	단독
보전 상태	취약

황갈색 바탕에 작고 둥근 흑점이 있다. 눈 안쪽에서 코 좌우에 걸쳐 눈물을 흘리는 듯한 검은 줄무늬가 있다. 생후 3개월 이내의 몸은 까맣고, 목에서 등에 걸쳐 청회색의 긴 털이 자란다. 시속 100킬로미터 이상으로 달리며 중형 유제류(척추동물 포유류 중에서 발끝에 발굽이 있는 동물-옮긴이)나 소형 동물을 잡아먹는다. 암컷은 단독으로 행동하고 한 번에 1~8마리의 새끼를 낳는다. 새끼는 생후 20~23개월 만에 성숙해서 독립한다.

→76쪽에 등장

코알라 (KOALA)

분포	오스트레일리아 동부
서식 환경	삼림
몸길이	65~82cm
꼬리 길이	1~2cm
몸무게	5.1~11.8kg
사회 단위	단독
보전 상태	취약

체모는 회색 또는 황갈색이며 턱, 가슴, 사지의 안쪽은 흰색이다. 식성은 특이해서 몇 종류의 유칼립투스 잎만 먹는다. 새끼는 처음에 어미의 육아낭 속에서 모유를 먹으며 자란다. 생후 반년쯤 지나면 육아낭에서 나와 고형물을 먹게 되는데, 이유식으로 어미의 항문을 통해 일부 소화된 유칼립투스 잎을 먹는다. 일생의 대부분을 유칼립투스 나무 위에서 보낸다.

→80쪽에 등장

피오르드랜드펭귄 (FIORDLAND PENGUIN)

분포	뉴질랜드 남서부
서식 환경	삼림, 연안부
몸길이	40~55cm
몸무게	2.5~4.8kg
사회 단위	무리
보전 상태	취약

뉴질랜드 남서부의 피오르드랜드에서 스튜어트섬에 걸쳐 서식하며 겨울철에는 숲속에 둥지를 만들어 번식한다. 머리에는 마치 눈썹처럼 금색 깃털이 장식되어 있고 뺨에 있는 3~6가닥의 하얀 줄무늬가 특징이다. 새끼는 머리, 목, 등이 옅은 갈색이고 배는 흰색이다. 금색 깃털 장식은 성장하면서 나타난다. 생후 10주쯤 지나면 새끼는 바다로 나가 사냥을 할 수 있을 정도가 된다.

→84쪽에 등장

미어캣 (MEERKAT)

식육목 몽구스과

분포	아프리카 남부
서식 환경	사바나, 건조한 바위 지대
몸길이	25~35cm
꼬리 길이	17~25cm
몸무게	600~970g
사회 단위	무리
보전 상태	절멸 위험성 적음

배와 얼굴이 옅은 갈색이고 엉덩이 부위에 짙은 줄무늬가 있다. 눈 주변과 꼬리 끝은 검은색이다. 사회성이 높으며 30~40마리 정도의 무리를 형성해서 땅속에 만든 터널 모양의 둥지에서 생활한다(마멋이 뚫어놓은 구멍을 사용하기도 한다). 낮 동안에는 둥지에서 나와 일광욕을 하면서 곤충, 뱀, 전갈 등을 잡아먹는다. 무리 내에서 서로 협력해서 영역을 감시하거나 새끼를 돌보기도 한다.

→88쪽에 등장

큰홍학 (GREATER FLAMINGO)

홍학목 홍학과

분포	아프리카 대륙 연안, 카리브해, 남서유럽, 중동
서식 환경	온난하고 습한 초원, 함수호(소호(沼湖)의 물이 농축되어 형성된 호수로 염분이 많아 물맛이 짜다—옮긴이), 갯벌
몸길이	0.8~1.5m
몸무게	1.9~4kg 이상
사회 단위	무리
보전 상태	절멸 위험성 적음

온난하고 습한 초원에 서식하며 기수역이나 함수호 같은 환경을 좋아한다. 몸은 분홍색이고 아래로 굽은 부리를 가지고 있다. 수만 마리 규모의 커다란 무리를 이루어 생활하고 먹이 채집과 육아를 공동으로 행한다. 갓 태어난 새끼의 몸은 흰색인데 성장하면서 회색으로 바뀐다. 어미는 식도의 일부에서 분비하는 새빨간 액체(홍학 밀크)를 새끼에게 먹인다.

→92쪽에 등장

마운틴고릴라 (MOUNTAIN GORILLA)

영장목 성성이과

분포	서아프리카
서식 환경	저지의 열대림
몸길이	1.4~1.8m
꼬리 길이	없음
몸무게	140~180kg
사회 단위	무리
보전 상태	절멸 위급

체모는 검은색 또는 갈색이 섞인 회색이다. 성장한 수컷의 등은 은백색이 되어 실버 백(silver back)으로 불린다. 현존하는 영장류 중에서는 가장 크다. 3~20마리의 수컷, 암컷, 새끼들로 무리를 이뤄 생활한다. 수컷은 성숙하면 무리를 떠나 자신의 무리를 만드는데, 잘 번식할 수 있게 되면 반영속적으로 그 무리를 유지하는 것이 일반적이다.

→100쪽에 등장

일본왕개미 (JAPANESE CARPENTER ANT)

벌목 개미과

분포	일본, 한반도, 중국, 미국
서식 환경	숲, 밭, 산, 도시
몸길이	7~12mm, 17mm(여왕개미)
몸무게	알 수 없음
사회 단위	무리
보전 상태	절멸 위험성 없음

주변에서 흔히 볼 수 있는 대형 개미다. 건조하고 햇빛이 잘 드는 지면에 깊이 1~2미터 정도의 개미집을 만든다. 나비의 애벌레를 개미집으로 옮겨와 키우고 애벌레에서 분비되는 달콤한 분비물을 받아먹는다. 날개가 달린 것은 여왕개미와 수개미뿐이며 5~6월에 교미한다. 그 후 여왕개미는 새로 무리를 만든다. 일개미의 수명은 1~2년이지만 여왕개미는 10년 정도 살기도 한다.

→104쪽에 등장

넓적부리황새 (SHOEBILL)

사다새목 넓적부리황새과

분포	아프리카 동부에서 중앙부까지
서식 환경	늪지, 습지대, 그 주변의 초원
몸길이	1.1~1.4m
몸무게	4.5~6.5kg 이상
사회 단위	단독
보전 상태	취약

깃털은 회색이며 정수리 부위로 갈수록 옅어진다. 부리는 노란색이나 분홍색 등 개체에 따라 다양하다. 젊은 개체의 부리는 더욱 짙다. 풀이 높게 자라는 담수 습지에 서식하고 습지의 물웅덩이나 수로에서 사냥한다. 주로 폐어, 개구리, 소형 동물을 먹는다. 물에 떠 있는 물풀 위에 둥지를 만들고 암컷이 1~3개의 알을 낳는다.

→108쪽에 등장

파랑갯민숭달팽이 (NUDIBRANCH)

분포	일본 혼슈에서 규슈에 이르는 지역, 홍콩
서식 환경	해안, 암초 지대
몸길이	3~4cm
몸무게	알 수 없음
사회 단위	단독
보전 상태	절멸 위험성 없음

일본 바다에서 볼 수 있는 일반적인 종류다. 온몸이 파란색이고 노란색 얼룩무늬와 빨간색 더듬이가 특징이다. 몸은 가늘고 길고 평평하다. 표면은 부드럽다. 해면이나 이끼벌레를 잡아먹은 후 그 화학 물질을 체내에 축적해서 적의 포식으로부터 몸을 보호한다고 알려져 있다. 자웅동체이지만 단독으로는 수정할 수 없고 두 마리가 정자를 서로 건네주고 양쪽이 동시에 수정한다.

→112쪽에 등장

사자 (LION)

분포	사하라사막 남부에서 남아프리카에 이르는 지역, 인도 북서부
서식 환경	사바나, 수풀이 무성한 바위 지대, 사막 등
몸길이	2.4~3.3m
꼬리 길이	0.6~1m
몸무게	122~240kg
사회 단위	무리
보전 상태	취약

'프라이드(pride)'라고 부르는 결속력 강한 무리를 형성한다. 프라이드는 대부분 혈연관계가 있는 암컷과 새끼들로 구성되며 서로의 새끼에게 젖을 주는 등 협력하며 육아한다. 수컷은 단독으로 행동하거나 몇 마리의 수컷 그룹을 이루는데, 번식할 때는 암컷의 프라이드에 합류해 암컷과 짝짓기를 한다. 프라이드는 영역을 갖고 구성원들끼리 협력해서 사냥한다.

→116쪽에 등장

닭 (CHICKEN)

분포	세계 각지
서식 환경	사육
몸길이	50~70cm
몸무게	0.9~5kg
사회 단위	무리
보전 상태	절멸 위험성 없음

전 세계에서 사육되는 가금류다. 선조는 아시아 남부에서 동남부에 걸쳐 서식하는 적색야계이며 5,000년도 더 전에 가금화되었다고 여겨진다. '꼬끼오' 하고 우는 것은 수컷뿐이며 암컷은 산란할 때나 위협할 때 말고는 울지 않는다. 날개가 작아서 오래 날 수는 없다. 용도에 따라 다양한 종류가 가축으로 사육되고 있다.

→120쪽에 등장

점박이하이에나 (SPOTTED HYENA)

식육목 하이에나과

분포	서아프리카에서 동아프리카에 이르는 지역, 아프리카 남부
서식 환경	사바나, 반사막 지대, 초원
몸길이	1.2~1.4m
꼬리 길이	25~30cm
몸무게	50~80kg
사회 단위	무리
보전 상태	절멸 위험성 적음

칙칙한 노란색 바탕에 갈색 타원형의 불규칙한 얼룩무늬가 있다. 머리에서 등에 걸쳐 갈기가 있다. 암컷은 수컷보다 약간 크다. 암컷, 수컷, 새끼들로 이뤄진 무리(클랜)를 형성한다. 암컷은 무리의 다른 새끼들에게도 모유를 준다. 클랜마다 영역을 갖고 감시와 사냥을 공동으로 행한다.

→124쪽에 등장

흰동가리 (CLOWNFISH)

농어목 자리돔과

분포	일본(아마미오섬 이남), 인도양, 태평양
서식 환경	산호초가 있는 얕은 바다
몸길이	4~8cm
몸무게	알 수 없음
사회 단위	단독
보전 상태	절멸 위험성 없음

몸 색깔은 선명한 주황색이고 가로로 세 줄의 하얀 띠가 있다. 몸과 지느러미에 검은 테두리가 있는 것이 특징이다. 독을 품은 말미잘과 공생하는 종이다. 번식기가 되면 암컷은 말미잘 곁의 바위 지대나 산호에 알을 낳고 그 후에 수컷이 알을 지킨다. 치어는 태어나고 얼마 지나지 않아 이내 말미잘과 공생을 시작한다.

→128쪽에 등장

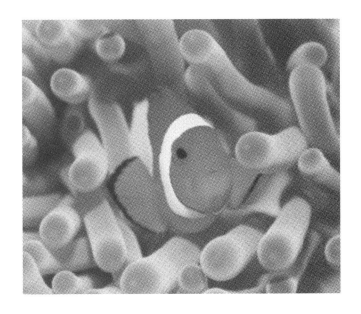

두건물범 (HOODED SEAL)

식육목 물범과

분포	북대서양에서 북극해에 이르는 지역
서식 환경	빙산 지대, 대양
몸길이	2.2~2.5m
몸무게	320~400kg
사회 단위	단독
보전 상태	취약

여름에는 주로 그린란드 주변을 돌아다닌다. 몸 색깔은 암수 모두 회색이고 검은 얼룩무늬가 있다. 신생아의 몸 색깔은 은색이다. 수컷은 코끝을 팽창시키거나 비강 점막을 콧구멍에서 밀어내 두건처럼 보이게 해서 상대방을 위협한다. 기본적으로 단독 생활을 하지만 암컷은 출산 시 얼음 위에 작은 집단을 형성한다. 수유 기간은 4~5일로 포유류 중에서는 가장 짧다.

→132쪽에 등장

집고양이 (DOMESTIC CAT)

식육목 고양이과

분포	세계 각지
서식 환경	사육
몸길이	50~70cm
몸무게	2~6kg
사회 단위	단독
보전 상태	절멸 위험성 없음

원래는 사냥하는 육식동물이지만 도심에서 쓰레기를 뒤지는 길고양이는 식성이 다양하다. 발정기는 1~3월로 수컷이 울음소리를 내며 주변의 암컷을 찾는다. 암컷을 둘러싸고 수컷끼리 싸움이 벌어지기도 하는데, 일반적으로 몸무게가 무거운 수컷이 우위에 선다. 한 번 출산할 때 보통 4~5마리를 낳는다. 약 1만 년 전 서아시아에서 처음으로 가축화되었다고 알려져 있다.

→136쪽에 등장

흰발농게 (MILKY FIDDLER CRAB)

십각목 달랑게과

분포	일본, 중국, 한반도, 대만
서식 환경	바다 연안
몸길이	2~4cm
몸무게	알 수 없음
사회 단위	단독
보전 상태	절멸 위험성 없음

수컷 흰발농게의 한쪽 집게발은 크고 하얗다. 이 집게발을 위아래로 움직여 암컷에게 구애한다. 해안 부근의 마른 웅덩이나 모래밭에 얕은 구멍을 파고 개별적으로 살면서 암수가 혼합된 콜로니를 형성한다. 수컷의 구애에 응한 암컷은 수컷의 둥지로 들어가 짝짓기하고 출산한다. 먹이는 마른 웅덩이 표면의 미생물이며, 모래나 진흙과 함께 작은 집게발로 집어 먹는다.

→144쪽에 등장

침팬지 (CHIMPANZEE)

영장목 성성이과

분포	서아프리카에서 중앙아프리카에 이르는 지역
서식 환경	열대우림
몸길이	70~92cm
꼬리 길이	없음
몸무게	30~40kg
사회 단위	무리
보전 상태	절멸 위기

체모는 검은색이 일반적이다. 15~120마리로 무리를 이뤄 생활하는데, 그중 몇 마리가 따로 소집단을 만들어 행동하기도 한다. 이런 소집단의 구성은 유동적이며 그루밍이나 먹이의 유무에 따라 바뀐다. 주식은 과일과 나뭇잎인데, 새 같은 작은 동물을 잡아먹기도 한다. 흰개미를 개미집에서 빼 먹기 위해 도구를 만들어 사용하는 등 매우 높은 지능을 가지고 있다.

→148쪽에 등장

물총새 (EURASIAN KINGFISHER)

파랑새목 물총새과

분포	유럽, 아시아, 북아프리카
서식 환경	해안, 강이나 호수의 물가
몸길이	약 16cm
몸무게	30~35g
사회 단위	단독
보전 상태	절멸 위험성 없음

몸은 참새 정도의 크기지만 커다란 부리가 있다. 아름다운 비췻색의 날개를 가졌으며 빛이 비치는 방향에 따라 초록색으로 보이기도 한다. 주로 물가에서 살며 높은 곳에서 물속으로 뛰어들어 물고기나 수생곤충을 잡아먹는다. 번식기에는 수컷이 암컷에게 사냥감을 선물하는 구애급이(courtship feeding) 행동을 볼 수 있다. 강이나 늪의 둔치에 둥지를 틀고 암수 한 쌍이 함께 새끼를 키운다.

→152쪽에 등장

청개구리 (JAPANESE TREE FROG)

개구리목 청개구리과

분포	한반도, 일본 홋카이도에서 규슈에 이르는 지역
서식 환경	물가, 삼림
몸길이	2~5cm
몸무게	알 수 없음
사회 단위	단독
보전 상태	절멸 위험성 없음

몸 색깔은 등 쪽이 황록색이고 배 쪽은 흰색이다. 눈 주변에 검은 줄무늬가 있다. 손가락 끝에 둥근 빨판이 있어서 유리창을 수식으로 오를 수 있다. 산란 시 외에는 물에 들어가지 않고 육지에서 생활한다. 주로 작은 곤충이나 거미를 잡아먹는다. 움직이는 것을 잡아먹는 성질이 있어서 시체는 먹지 않는다. 동일한 종이 중국과 러시아 연안 등에도 분포한다.

→156쪽에 등장

때까치 (BULL-HEADED SHRIKE)

참새목 때까치과

분포	동아시아, 동남아시아
서식 환경	삼림, 산지, 농경지
몸길이	약 20cm
몸무게	31~44g
사회 단위	단독
보전 상태	절멸 위험성 없음

수컷은 머리에서 뒷목에 이르기까지 주황색이고 등은 청회색이며 날개에 하얀 얼룩무늬가 있다. 암컷의 날개에는 얼룩무늬가 없고 머리에서 뒷목에 이르기까지 갈색이다. 등은 옅은 회색 또는 갈색이다. 암수 모두 눈 주위에 검은 줄무늬가 있는데 수컷이 더욱 눈에 띈다. 일본에서는 텃새로서 홋카이도에서 규슈에 걸쳐 분포하는데, 북부나 산지에 서식하는 개체는 가을에 이동하기도 한다.

→160쪽에 등장

꽃사슴 (SIKA DEER)

우제목 사슴과

분포	동아시아, 동남아시아
서식 환경	삼림, 초원 지대
몸길이	0.9~1.9m
꼬리 길이	12~20cm
몸무게	25~130kg
사회 단위	무리
보전 상태	절멸 위험성 없음(일부 지역은 절멸 우려가 있는 종으로 지정함)

여름철에는 털이 황갈색이나 갈색이고 꼬리가 하얗다. 몸에 하얀 얼룩무늬가 있다. 겨울철에는 털이 회갈색이다. 발정기 외에는 암수가 따로따로 행동하며 동성끼리 무리를 형성한다. 가을 발정기 직전에 수컷 뿔의 피막이 벗겨져 뿔 본체가 노출된다. 이때 수컷의 무리는 붕괴되고 암컷을 두고 경쟁이 벌어진다. 경쟁에서 이긴 수컷은 영역을 확보하고 수많은 암컷을 거느리는 하렘을 형성해 번식한다.

→164쪽에 등장

그레이트바우어새 (GREAT BOWERBIRD)

참새목 바우어새과

분포	오스트레일리아 북부
서식 환경	삼림
몸길이	32~35cm
몸무게	약 230g
사회 단위	단독
보전 상태	절멸 위험성 적음

바우어새 중에서 크기가 큰 종류다. 전체적인 몸 색깔은 회색이고 수컷은 목 위에 작게 눈에 띄는 분홍색 얼룩이 있다. 바우어새과의 새는 암컷에게 구애하기 위해 나뭇가지로 쉼터를 만든다. 대부분의 경우 밝고 광택 있는 물건을 모아 쉼터를 장식한다. 그레이트바우어새는 작은 돌, 조개껍데기, 뼈 등 하얗거나 회색인 물건을 모으는 경향이 있다.

→168쪽에 등장

초롱아귀 (ATLANTIC FOOTBALLFISH)

아귀목 초롱아귀과

분포	세계 각지
서식 환경	심해
몸길이	약 4cm(수컷), 약 61cm(암컷)
몸무게	약 0.5g(수컷), 약 11kg(암컷)
사회 단위	단독
보전 상태	절멸 위험성 없음

아귀목 초롱아귀과의 총칭이다. 주로 대서양의 온대에서 열대에 이르는 심해에 분포한다. 일반적으로 암컷은 수컷보다 크고 몸은 구형에 가깝다. 등지느러미의 일부가 길게 뻗어 있고 끝에 발광기가 달려 있다. 빛이 닿지 않는 어두운 심해에서 발광기를 흔들어서 작은 물고기 등을 유인해 잡아먹는다고 여겨진다. 초롱아귀라는 이름도 그 점에서 유래했다.

→172쪽에 등장

도롱이나방 (BAGWORM)

나비목 주머니나방과

분포	일본 각지
서식 환경	산, 밭
몸길이	3.8~5cm(도롱이)
몸무게	알 수 없음
사회 단위	단독
보전 상태	일부 지역에서는 절멸 위험성 높음

나뭇잎이나 나뭇가지에 방추 모양의 도롱이를 만들고 매달린다. 애벌레 시절에는 이 도롱이 안에서 지내다가 그대로 번데기가 된다. 암컷은 성충이 되어도 날개가 자라지 않아서 평생을 도롱이 안에서 보낸다. 애벌레의 먹이는 벚꽃, 매화, 가래나무 잎 등이며 그 식물에 도롱이를 매단다. 요즘에는 기생파리의 영향으로 개체 수가 급감하고 있다.

→176쪽에 등장

호랑이 (TIGER)

분포	남아시아, 동아시아
서식 환경	삼림, 열대우림, 맹그로브 지대, 산악 지대
몸길이	2.4~3.1m
꼬리 길이	60~110cm
몸무게	100~260kg
사회 단위	단독
보전 상태	절멸 위기

고양이과 중에서 가장 몸집이 크다. 주황색 털에 검은색 줄무늬가 있다. 주로 야간에 단독으로 사냥하고 사슴 등 대형 포유류나 새, 파충류, 물고기 등 작은 동물도 잡아먹는다. 여덟 개의 아종이 있는데 세 아종은 절멸했고 현존하는 것은 벵골호랑이, 아무르호랑이, 수마트라호랑이, 아모이호랑이, 말레이호랑이 등 다섯 아종뿐이다. 모두 절멸 위험성이 높다.

→184쪽에 등장

카피바라 (CAPYBARA)

분포	남아메리카의 북부와 동부
서식 환경	물가와 그 주변의 초원
몸길이	1.1~1.3m
꼬리 길이	흔적만 남아 있음
몸무게	35~66kg
사회 단위	무리
보전 상태	절멸 위험성 적음

세계에서 가장 큰 설치류다. 손가락에 부분적으로 물갈퀴가 있어서 물속에서 헤엄을 잘 친다. 눈, 귀, 코가 머리 윗부분에 있어서 헤엄칠 때도 수면 밖으로 나온다. 무리의 형태는 암수 한 쌍과 새끼들을 포함하는 가족이거나, 수컷 한 마리와 여러 암컷들로 이뤄진 경우 등 다양하다. 암컷은 출산 시에 무리를 떠나지만 3~4일 만에 무리로 돌아와 암컷끼리 공동으로 육아한다.

→188쪽에 등장

검정짧은꼬리원숭이 (CELEBES MACAQUE)

영장목 긴꼬리원숭이과

분포	인도네시아 술라웨시섬
서식 환경	열대우림
몸길이	52~57cm
꼬리 길이	2.5cm
몸무게	약 10kg
사회 단위	무리
보전 상태	절멸 위급

체모는 검고 엉덩이는 붉다. 얼굴도 검은색이며 뚜렷한 콧마루가 특징이다. 머리털은 더부룩하게 서 있다. 꼬리는 매우 짧아 눈에 띄지 않는다. 100마리 이상의 암수 혼합 무리에서 생활한다. 긴꼬리원숭이과의 다른 종들보다 온순하고 일반적으로 조용한 원숭이로 알려져 있다. 잡식성이며 과일을 즐겨 먹는다.

→192쪽에 등장

해달 (SEA OTTER)

식육목 족제비과

분포	북태평양
서식 환경	연안부
몸길이	1~1.5m
꼬리 길이	13~33cm
몸무게	21~28kg
사회 단위	무리
보전 상태	절멸 위기

가장 작은 해양 포유류로 일생의 대부분을 바다 위에서 보낸다. 체모는 윗부분이 짙은 갈색이고 머리 부분은 옅은 황색이다. 새끼도 마찬가지로 짙은 갈색이다. 털은 매우 두꺼운데 1제곱센티미터당 15만 가닥이나 되는 고밀도의 털이 자란다. 앞다리에는 숨겼다 내놨다 할 수 있는 발톱이 있어서 사냥감을 붙잡거나 털 손질을 하는 데 적합하다. 조개류를 좋아하며 강한 턱으로 조개껍데기를 깨서 먹는다.

→196쪽에 등장

흑등고래 (HUMPBACK WHALE)

우제목 수염고래과

분포	남극해에서 열대 해역에 이르는 지역
서식 환경	외양, 바다 연안
몸길이	13~14m
몸무게	65t
사회 단위	무리
보전 상태	절멸 위험성 적음

등은 짙은 청색이나 회색이고 복부에는 옅은 청색 또는 흰색 무늬가 있다. 여름에는 먹이가 풍부한 극지 바다에서 보내고 겨울에는 육아를 위해 온난한 저위도 지방의 바다로 이동한다. 작은 무리 안에서 협력해서 물고기 떼를 쫓아가는 '버블넷 피딩(bubble-net feeding)' 등 여러 가지 사냥 방법을 구사한다. 수컷은 개체마다 특징 있는 울음소리를 낸다.

→200쪽에 등장

사향소 (MUSKOX)

우제목 소과

분포	북아메리카 북부, 그린란드
서식 환경	툰드라
몸길이	1.9~2.3m
꼬리 길이	9~10cm
몸무게	200~410kg
사회 단위	무리
보전 상태	절멸 위험성 적음

체모는 짙은 갈색이고 등 가운데는 흰색이다. 수컷과 암컷 모두 넓은 뿔을 가지고 있다. 여름에는 식물의 뿌리나 이끼류를 찾아 툰드라를 돌아다니고, 겨울에는 발굽으로 눈 속에서 식물을 파내어 먹는다. 주로 암컷과 새끼들로 이뤄진 무리를 형성하고, 수컷은 단독 혹은 소수 집단으로 행동한다. 발정기에 수컷이 강렬한 사향 냄새를 풍긴다고 해서 사향소라는 이름이 붙었다.

→204쪽에 등장

인도공작 (INDIAN PEAFOWL)

닭목 꿩과

분포	아시아 남부
서식 환경	낙엽수림대, 열대우림, 농경지
몸길이	1.8~2.3m
몸무게	4~6kg
사회 단위	단독
보전 상태	절멸 위험성 적음

수컷은 광택 있는 무지개 색의 기다란 장식 깃털을 가지고 있으며 구애할 때 이 깃털을 부채처럼 펼친다. 장식 깃털은 엉덩이 부근에서 꼬리처럼 길게 뻗어 나와 있으며 화려한 구슬 무늬가 있다. 암컷은 장식 깃털이나 구슬 무늬가 없으며 가장 눈에 띄고 화려한 수컷을 번식 상대로 고른다. 수컷은 둥지 만들기나 육아에 참여하지 않으며 암컷이 홀로 다 해낸다. 밤에는 외적으로부터 몸을 보호하기 위해 높은 나무 위에서 휴식을 취한다.

→208쪽에 등장

코뿔바다오리 (ATLANTIC PUFFIN)

도요목 바다쇠오리과

분포	북대서양, 북태평양
서식 환경	바다 연안, 대양, 얼음 위
몸길이	28~30cm
몸무게	약 400g
사회 단위	무리
보전 상태	취약

굵고 선명한 주황색 부리가 특징이다. 몇 가닥의 세로줄 무늬가 있으며 빨간색, 노란색, 청회색의 무늬가 있다. 여름에는 얼굴이 하얗고 부리도 선명하지만 겨울에는 얼굴이 회색으로 변하고 부리도 칙칙한 색이 된다. 보통은 외양에서 지내지만 번식기에는 바다 연안의 바위 지대에 집단으로 둥지를 틀고 구멍을 파서 출산과 육아를 한다. 수심 60미터 정도까지 잠수해서 작은 물고기를 잡을 수 있다.

→212쪽에 등장

KI신서 7884

정말 별게 다 고민입니다

1판 1쇄 인쇄 2018년 11월 23일
1판 1쇄 발행 2018년 12월 10일

지은이 고바야시 유리코
그린이 오바타 사키
감수자 이마이즈미 다다아키
옮긴이 이용택
펴낸이 김영곤 박선영
펴낸곳 (주)북이십일 21세기북스

콘텐츠개발3팀장 문여울
교정교열 김순영
디자인 오이뮤(OIMU)
해외기획팀 임세은 이윤경 장수연
마케팅본부장 이은정
마케팅본부 왕인정 한충희 최성환 김수현 배상현 신혜진 나은경 김윤희 송치헌 최명열
홍보기획팀 이혜연 최수아 박혜림 문소라 전효은 염진아 김선아
제작팀장 이영민

출판등록 2000년 5월 6일 제406-2003-061호
주소 (10881) 경기도 파주시 회동길 201(문발동)
대표전화 031-955-2100 **팩스** 031-955-2151 **이메일** book21@book21.co.kr

(주)북이십일 경계를 허무는 콘텐츠 리더

21세기북스 채널에서 도서 정보와 다양한 영상자료, 이벤트를 만나세요!
페이스북 facebook.com/jiinpill21 **포스트** post.naver.com/21c_editors
인스타그램 instagram.com/jiinpill21 **홈페이지** www .book21.com

ⓒ 고바야시 유리코, 오바타 사키 2018
ISBN 978-89-509-7831-0 03810

북한의 대중문화

연극과 영화를 통해 본 북한 사회

차 례

Contents

예술의 종류

북한의 표준어인 문화어에는 '대중예술'이라는 용어가 존재하지 않는다. 북한 문화어사전 『조선말 대사전(사회과학원 언어연구소 편)』과 『문학예술사전(과학·백과사전출판사)』에서 대중예술에 상응하는 용어는 '문학예술'이다. 이 사전들은 예술을 다음과 같이 규정하고 있다.

인간과 그 생활을 형상적 수단과 형식으로 반영함으로써 사람들의 사상 정서적 교양에 이바지하는 사회적 의식의 한 형태. 가극, 음악, 무용, 미술, 연극, 영화 그 밖의 여러 가지 형식이 있다(『조선말 대사전』).

구체적이며 감성적인 예술적 형상을 통하여 사람들의 생활을 비롯한 현실을 반영하는 사회적 의식의 한 형태(『문학예술사전』).

북한에서 예술이란 사회현실을 반영하고 사람들을 사상 정서적으로 교양하는 사회적 이데올로기다. 곧 예술은 주체사상을 교양하는 사회적 도구다. 예술이 이데올로기적 도구로 작동하기 위해 가장 중요한 것은 사람과 그 생활을 현실 그대로의 모습대로 그리는 과정, 즉 '형상화' 과정이다. 이는 달리 표현하면 형상대상, 형상수단, 형상방식의 문제이다.

'형상대상'은 예술작품에 반영되는 생활 내용의 영역과 범위다. 그 영역은 기본적으로 주체 사상적 내용이며 범위는 예술작품의 용량(장편, 중편, 단편 등)이다. '형상수단'은 예술작품을 창작하는 방법과 형식으로 사람과 생활을 있는 그대로 구체적이고 생동적으로 그리는 수단이다. 그 수단에는 언어, 대사, 화면, 선율, 율동, 재주(사람의 육체적인 기교 동작)가 있다. '형상방식'은 형상수단을 이용하여 예술작품을 창작하는 방법과 형식으로 생활을 형상화하는 것이다. 형상방식에는 사람의 내적 체험과 감정, 정서를 직접 표현하는 '서정적' 묘사방식과 생활 자체의 흐름과 모양대로 사람의 성격과 사건, 대화와 행동, 사상 등을 그려내는 '서사적' 묘사방식, 생활의 극성을 등장인물의 행동과 대화로 일정한 시공간 속에 집중적으로 재현하는 '극적' 묘사방식, 생활을 영화적인 지문과 대화, 행동으로 표현하는 '영화적' 묘사방식(서사적 방식과 극적 방식이 결합한 형태)이 있다.

이러한 형상대상, 형상수단, 형상방식에서 본다면 북한에서 예술은 ①문학 ②연극 ③영화 ④음악 ⑤미술 ⑥무용 ⑦교예 이렇게 일곱 종류로 나누어진다. 주체 사상적 내용을 형상대상으로 문학은 언어를, 연극은 대사를, 영화는 화면을, 음악은 선율을, 미술은 색채를, 무용은 율동을, 교예는 재주(사람의 육체적인 기교 동작)를 표현한다. 형상수단으로는 서정적, 서사적, 극적 방식으로 형상화하고 있다.

북한은 이 일곱 종류는 절대 불변한 것이며 세계문학예술도 여기에서 시작된다고 말한다. 하지만 시대의 변화에 따라 각 장르들이 서로 혼합될 수 있음을 부정하지는 않는다. 이에 따라 음악과 무용, 서사시 등과 같은 새로운 장르를 만들어내기도 한다.

연극의 종류와 제작, 검열

    북한의 연극은 양상을 기준으로는 '정극, 비극, 희극'으로, 용량을 기준으로는 '단막극, 중막극, 장막극'으로 나눌 수 있다. '정극'은 일상적인 사회생활을 현실 그대로의 진실성과 구체성을 반영하는 일반적인 연극 작품이다. '비극'은 주인공의 희생을 통해 사회악을 반대하는 투쟁으로 관중을 불러일으키는 극인 반면 '희극'은 갈등이 풍자적인 조소와 비판으로 해결되는 과정을 통해 새것과 긍정적인 것의 정당성을 반증하는 극이다. 북한에서는 이러한 연극의 종류 중 비극과 희극은 성립될 수 없으며 존재할 수도 없다. 연극이 현실을 반영한다는 의미에서 북한 현실에는 비극이 창조될 생활적인 기초가 없을 뿐 아니라 사회 제도의 모순에 의한 비극적 현실이 없다는 정치적 논법이

지배한다. 아울러 연극의 주인공이 주체사상의 주도자 역할을 하고 있다는 점에서 북한 현실은 그 인물들이 풍자적인 조소와 비판의 대상이 아니라 오히려 존경의 대상이 된다. '북한 사회는 사회적 갈등이나 현실모순이 존재하지 않는다'라고 하는 논리는 1958년 3월 3일 제1차 당 대표자회의에서 천리마운동으로 공식화되었다. 이는 북한 사회가 사회주의적 개조의 완결을 통해 사회주의 사회로의 진입 의사를 드러내는 것이다. 이에 북한 사회에는 현실의 적대적 갈등과 모순이 존재하지 않으므로 문학예술에서도 갈등이 존재하지 않고, 연극에도 비극이나 희극이 존재하지 않는다는 것을 의미한다. 따라서 북한에는 정극만이 존재한다.

북한 정극은 1967년 김일성 유일 지배체제가 되면서 낡은 연극에서 혁명연극으로 그 명칭이 바뀐다. 이는 문학예술의 김일성주의화로 주체문학 예술의 출발시기이며 그 이전은 낡은 문학예술의 시기로 분류한다. 이에 북한 문학예술은 카프 (KAPF)가 아니라 1930년대 항일 혁명 문학예술에서 비롯된 것으로 역사적 정통성을 확립한다. 김일성 유일 지배체제에 맞추어 정극도 혁명연극과 혁명가극을 중심으로 사회의 정치적 이슈에 따라 항일혁명연극, 수령형상연극, 숨은 영웅형상연극, 민족가극, 경희극 등으로 구체화한다. 이 중 북한 연극의 주류를 이루고 있는 것은 혁명가극 및 혁명연극이며 2000년대 이후 일반화된 것은 민족가극과 경희극이다.

북한의 역사적 시기에 따라 정치적 이념을 연극작품으로 제작하는 것은 당에서는 문화예술부나 선전선동부에서, 정무원에서는 문화성 그리고 연극예술단체에서는 조선연극인동맹, 피바다가극단, 국립연극단, 국립민족가극단, 금강산가극단 등이 관여한다. 이 가운데 노동당이나 내각에서는 작품 제작 지시 및 유통, 관객 관람에 대한 지시와 검열을 담당하고 실제 작품 제작은 조선연극인 동맹을 비롯한 연극단체에서 이루어진다.

'조선연극인동맹'은 현재 조선문학예술총동맹의 산하 단체로 중앙위원회 산하에 연기분과위원회, 연출분과위원회, 평론분과위원회로 구성되어 있다. '피바다가극단'은 1946년 창립된 북조선가극단을 모체로 1971년 7월에 조직되어 「피바다」식 혁명가극을 중심으로 창작 공연을 하는 단체이다. '국립연극단'은 1946년 5월에 창립된 중앙예술공작단을 모태로 조직되어 현재는 장막극 공연을 중심으로 하는 단체이다. '국립민족가극단'은 1972년 4월에 창립된 평양예술극단을 모태로 후에 평양 모란봉예술단으로 개명하여 현재에 이른 단체로 특히 민족가극 공연을 중심으로 하고 있다. '국립예술극장'은 1948년 2월 북조선가극단, 국립교향악단, 국립합창단, 북조선고전악기연구소를 통합하여 조직한 단체로 음악과 무용 사이의 창조적 연계를 강화하여 음악·무용 종합공연과 함께 가극, 창극, 무용극 등 종합예술분야를 보다 본격적으로 발전시킬 수 있게 국가가 관리, 운영하는 체계이다.

이 밖에 '만수대예술단'은 1946년에 조직된 평양가무단을 재편하여 만든 예술단으로 음악과 무용 작품 위주로 공연하면서 국가행사공연을 담당하고 있다. '방송예술단'은 1949년 10월 14일 조선중앙방송 위원회 직속 예술창조집단으로 창립되어 극단, 합창단, 관현악단, 가야금병창단, 민족관현악단, 문예효과편집부, 무대미술부, 연출부, 음악지휘부 등으로 구성되어 다양한 장르 공연을 한다.

북한 연극단체에서 이론가 송석환은 민족가극의 창작 및 이론가로, 연출가 리단은 혁명연극의 연출가로서, 배우 김기원, 고옥성, 곽원구, 백고산 등은 인민 배우로 활동하고 있다.

북한 극단과 연출가, 배우 등은 자유로운 상상력에 의해 연극을 창작하고 공연할 수 없다. 북한에서 문학예술 창작은 국가의 이념 통제를 수락할 때만 허용된다. 이런 의미에서 북한사회 전체가 문학예술에 관한 주체사상이라는 특정 이념으로 에콜(école)화된 집단으로 조선노동당이라는 특정 정치집단의 권위와 강제로 예술의 창작 및 수용이 이루어진다. 덧붙여 북한에는 독립문화, 독립예술, 대안예술 등은 절대 존재하지 않으며 이런 성향의 예술가는 언제나 숙청된다.

예술과 그 창작의 기본 원리는 조선노동당의 정치적 결의에 따르며 이는 '국가 작품심의위원회'에서 예술창작에 관한 판단 원리로 삼는다. '국가 작품심의위원회'는 국가영도자들이 제시한 이론체계에 따라 노동당의 문예정책에 대한 정확한 발현과 구현을 지도하고 통제·방조하는 기관으로 대외적으로는 명판을 공개하지는 않지만 사상·예술적 수준을 구체적·전문적으로 분석하는 국가적인 상설기관이다. 국가 작품심의위원회의 심의채택으로 일체 문화예술작품의 존망 여부가 결정된다. 아울러 각 예술 장르별 노동당의 심의위원회는 김일성과 김정일의 정치적 의도 및 지도방침을 철저히 작품에 관철하도록 감독하는 기능이 있다.

예술작품의 심의절차는 창작 작품을 국가 작품심의위원회와 당의 심의위원회에 신청하면 우선 집단심의를 거쳐 수정방안을 제시한다. 이를 지침으로 하여 고친 작품에 대해서만 승인을 해준다. 여기서 채택된 작품들은 「조선 문학」「조선예술」이라는 매체를 통해 발표되고 공연단체들과 영화사들에 따라 공연·상영된다.

「피바다」식 혁명가극과 5대 혁명가극

「피바다」식 혁명가극

'혁명가극'이란 혁명적 주체사상의 고취 및 김일성과 그 가계의 우상화 작업으로 만들어진 가극이다. 이는 가요의 가극화형식과 혁명적 대작의 내용을 결합한 것이다. '가요의 가극화'란 항일무장투쟁시기에 불린 가요를 가사와 음악적 형상수단을 기본으로 하고 무용과 미술 등 여러 가지 형상수단을 통해 인간의 생활모습을 반영하는 종합적 무대예술의 한 형태이다.

여기서 더 중요한 것은 가요를 가극화하는 내용이다. 이는 혁명적 대작의 내용을 말한다. '혁명적 대작을 더 많이 창작하자(1963.11.5).'에서 말하는 '혁명적 대작'은 역사적 사건을 줄거리로 조선혁명의 발전과 함께 투쟁 속에서 자라나는 주인공들의 전형적인 모습을 그려낸 것이다. 특정한 묘사방식이나 형상 수단에 관계없이 소설, 연극, 영화, 가극 등 모든 형식으로 창작되며 혁명과 투쟁을 위한 전형적인 인간의 성격과 생활을 형상화하여 인민 대중들로 하여금 혁명적 세계관을 세워 혁명 투쟁의 경험과 방법을 체득하게 하는 것을 목적으로 한다.

혁명가극은 혁명연극과 마찬가지로 김일성이 항일 혁명 전적지에서 창작·공연했다는 혁명 전통의 순결성을 인정받을 수 있는 일련의 작품들을 재구성하여 공연하는 것이다. 김정일의 지도로 혁명가극의 출발작품이 된 것이 「피바다」인데 이는 다음과 같은 이론 토대를 가지고 있다.

① 「피바다」식 혁명가극은 혁명적 내용으로 인민 대중의 자주성에 관한 문제를 내세우고 자주적인 인간 전형을 창조하여 그 사상 예술적 해답을 제시한다.

② 「피바다」식 혁명가극은 인민 대중의 감정 정서와 비위에 맞는 것으로 그 형식은 인민적인 절가와 방창, 아름답고 우아한 무용 그리고 입체적이며 생동한 무대미술의 유기적 통일체이다.

③ 「피바다」식 혁명가극에서 노래와 음악은 절가화한 것이다. '절가'란 음악적으로 완결된 하나의 곡조에 여러 절의 가사를 반복·결합해 부르는 가장 작은 노래 형식으로 다양한 특성을 지닌다. 이는 등장인물들의 감정과 정서적 색까지 표

현할 수 있으며, 개별 인물들의 내면세계부터 철학적 사색에 이르기까지 모든 사상 정서 세계를 진실하고 생동적으로 표현할 수 있다.

④ 「피바다」식 혁명가극에서 음악은 절가를 기본으로 방창을 가장 중요한 형상수단으로 받아들여야 한다. '방창'은 혁명가극이 무대 밖의 성악 수단을 받아들이는 것으로 다양한 기능을 한다. 이는 무대 위에서 벌어지는 극적 생활을 남녀의 독창, 중창, 합창 등 다양한 연주 형식으로 자유롭게 표현하여 전달할 수 있고 등장인물의 성격과 생활을 진실하고 생동감 있게 그려낼 수 있다.

⑤ 「피바다」식 혁명가극은 무대미술의 흐름식 입체화가 이루어져야 한다. 입체화된 무대미술은 관객들에게 무대라는 인상보다 현실을 보는 것과 같은 느낌을 주어야 하며, 무대 장치의 조형성과 무대 조명의 회화적 표현성을 결합해 입체적인 생활환경을 조성하고 주인공의 운명 발전에 밀착시켜 극적인 생활 흐름과 정황에 맞게 움직이며 변하도록 창조되어야 한다.

⑥ 「피바다」식 혁명가극에는 무용의 도입이 이루어져야 한다. 무용은 등장인물들의 성격 형상과 극 발전에 유기적으로 이바지하는 것으로 등장인물의 사상과 감정 세계를 조형적으로 부각하기 위한 것이다.

이러한 이론을 토대로 만들어진 5대 혁명가극은 「피바다

(1971)」와 「당의 참된 딸(1971)」「밀림아 이야기 하라(1971)」「꽃파는 처녀(1972)」「금강산의 노래(1973)」이다.

피바다

『문학예술사전』에 따르면 혁명가극 「피바다」의 각본은 1936년 8월 김일성에 의해 창작되었다고 한다. 김일성이 지난날 '무송현성 전투의 승리'를 회상하면서 중국 동북지역 만강 마을에서 직접 창작한 각본으로 1969년 조선영화촬영소에서 광폭예술영화로 제작되고 1971년 피바다가극단에 의해 혁명가극으로 공연됐다. 장르에 관계없이 모든 작품은 김일성이 항일혁명투쟁시기에 직접 창작하여 보급한 혁명가요 「피바다가」에 바탕을 두고 있는데 전문은 다음과 같다.

설한풍 스산한 원한의 피바다야
참혹한 주검이 묻노니 얼마나
혁명에 피 흘린 자 그 얼마에 달하였나

죽은 자 가족의 비참한 그 모습과
기막힌 원통에 가슴이 터진다
사무친 이 원한을 천만 추에 못 잊으리

낙심을 말아라 전 세계 무산자야

혁명자 하나의 죽음의 피 값에

십육억 칠천만의 무신정권 수립된다

이 가요는 '일제 침략 때문에 고향을 버리고 죽어간 인민들이 가진 원한의 피바다를 잊지 말고 무신정권을 수립하자.'는 결의로 되어 있다. 이를 바탕으로 가극화한 것이 혁명가극 「피바다」이다. 내용 역시 「피바다가」를 기본적인 사건진행으로 스토리화한 것이다. 이는 독립군 가족의 이야기이다. 독립군으로 떠난 지 오래된 아버지, 순박한 조선의 보통 여성 어머니, 아버지에 이어 독립군으로 떠나는 원남이, 남동생 을남이와 여동생 갑순이가 주인공이다. 그러나 이 작품은 가족 플롯(plot)이 아니라 계급갈등의 플롯으로 되어 있다. 제1막은 일제 순사와 중국인 지주에게 착취와 억압을 받는 가족의 생활상으로, 제2막은 부상당한 항일 유격대원을 숨겨주다가 을남이는 순사에게 총살되고 어머니와 갑순이는 항일 유격대원이 된다는 것으로, 제3막은 재봉대원 어머니와 선전대원 갑순이가 원남이를 비롯한 유격대원들과 함께 고향마을을 해방하는 것으로 구성된다. 이것은 지배 계급과 착취 계급에 대한 인민 대중의 자주성이고 그 자주성으로 항일 유격대원이 되어 고향을 해방하는 자주적인 인간의 전형임을 모델화한 혁명적 내용이라 할 수 있다. 이런 시각에서 이 작품은 '인민 대중의

「피바다」

자주성과 자주적 인간의 전형'이라는 평가를 부여하기 위한 정치적 평설이다.

작품은 이러한 내용을 방창 형식의 절가를 빌린 평설로 보여주고 있다. 이에 작품 속에서 진행되는 사건들 및 인물들의 행위마다 무대 밖에서 그 정치적·사상적 의미를 평설하는 짧고 반복적인 노래들이 불린다. 대표적인 노래가 「일편단심 붉은 마음 간직합니다」이다.

「피바다」를 제외한 5대 혁명가극 작품들

「당의 참된 딸」은 1971년 조선인민군협주단에 의해 초연된 민족가극이다. 이는 1950년 8월경 낙동강 전투지구를 무대로 한 북한 간호사의 삶을 그리고 있다. 이는 그 간호사가 전방지역 중환자를 후방 병원으로 이송하는 임무를 수행하는 과정에서 당원이 되어 장렬한 최후를 맞이한다는 내용이다. 그 과정에서 「그 어디에 계십니까 그리운 장군님」 「간호사의 생각은 깊어만 가네」 「수혈의 노래」 「오직 한 길 당을 따라 싸우렵니다」 「혁명의 신념은 굽힐 수 없네」 등의 절가들이 방창으로 불리면서 '수령에 대한 충성심과 불요불굴의 혁명' 등을 강조하고 있다. 이런 의미에서 작품은 '근로자들을 당의 유일사상으로 무장시키는 강력한 무기의 혁명적 교과서'

「당의 참된 딸」

로 평가받고 있다.

「밀림아 이야기하라」는 1972년 평양예술극단에 의해 초연된 민족가극이다. 이는 항일 혁명 무장투쟁 시기 김일성의 비밀 지령으로 일제 통치구역에 파견된 한 유격대원의 임무수행 과정을 그리고 있다. 그 유격대원은 겉으로는 일제의 앞잡이 노릇을 하여 모든 사람에게 버림을 받지만 실제로는 자신의 모든 것을 버리고 비밀 지령을 완수한다. 그 과정에서 주제가 「셀레가인 밀림아 이야기하라」가 방창으로 불리면서 김일성 동지의 가르침을 높이 받들고 영웅적으로 싸운 조선인민혁명군 대원의 혁명투쟁을 강조하고 있다. 이런 의미에서 이 작품은 '온 사회의 혁명화, 노동 계급화에 이바지하는 훌륭한 교과서'로 평가받고 있다.

「꽃 파는 처녀」는 1972년 각색되어 예술영화로 상영되다 같은 해 피바다가극단에 의해 초연된 민족가극이다. 1920년대 말에서 1930년대 초 사이를 배경으로 꽃분이 가족의 삶을 그리고 있다. 서장 및 종장을 포함한 일곱 장으로 구성되는데, 내용은 나라 잃은 민족의 설움과 소작인으로 지주에게 당하는 착취와 억압에서 벗어나고자 하는 농민혁명 봉기의 3단계로 구성되어 있다. 여기에서 「꽃 사시오」 「혁명의 꽃 씨앗을 뿌려간다네」 「언니를 기다리며 울고 서 있네」 「무궁화 삼 형제」 등 100여 개 가요가 방창 형식의 절가로 덧붙여져 작품은 '일제로부터는 민족해방, 지주로부터는 계급해방, 농민혁명을 통한 인간해방'으로 평설되고 있다. 이런 의미에서 작품은 '혁명가극 발전의 전성기를 이룬 작품'으로 평가받고 있다.

「금강산의 노래」는 1873년 평양예술단에 의해 초연된 민족가극이다. 일본강점기 때 고향을 버리고 가족과도 헤어진 한 가장이 20년이 지난 뒤 가족들과 재회하여 새로운 생활을 시작하게 된다는 내용이다. 이는 20년 전과 후로 나누어지는데 20년 전에는 일제 지주와 자본가에 의해 억압 받고 착취 당하는 삶의 모습을, 20년 후에는 사회주의 지상낙원의 삶의 모습을 그리고 있다. 삶의 변화는 주제가 「금강산의 노래」에서 평설하고 있는데 김일성의 은덕과 김일성에 대한 충성을 덧붙이고 있다. 이런 의미로 본다면 이 작품은 '사회주의 지상낙원과 그 충성심'으로 평가받고 있다.

5대 혁명가극의 정치·사회적 맥락

지금까지 살펴본 「피바다」식 5대 혁명가극은 1930년대 김일성이 유격대 활동을 하면서 직접 창작한 것으로 알려졌다. 민족가극이 가요의 가극화라는 점에서 작품제목과 동명인 주제가도 김일성이 항일무장투쟁 시기에 직접 창작한 것이고, 민족가극작품도 그 당시 김일성이 직접 창작하고 공연한 작품이라고 한다.

「피바다」식 5대 혁명가극에서 가장 선두에 있는 작품 「피바다」와 관련되었다고 여겨지는 작품에는 「혈해(1936)」와 「혈해지창(1937)」이 있다.

「혈해」는 1936년 만주 무송현의 최남단마을 만강에서 공연했다는 기록만 있을 뿐 그 대본이 전해지지 않는다. 작품의 작자가 밝혀진 것은 김일성의 회고록 「세기와 더불어」가 발간된 1994년이다. 회고록에 따르면 이 작품은 김일성이 대본을 쓰고 이동백이 연출하여 공연한 작품이라고 한다. 회고록을 믿는다 해도 문제는 「피바다」와 「혈해」가 동일 작품인지 아닌지는 전혀 알 수 없다.

「혈해지창」은 1936년 '까마귀'라는 필명으로 창작된 것으로 한지에 연필로 쓴 필사본이 전해진다. 그 필사본은 1960년 연변대학 조선어문학부 조선족 문학 사료 수집조가 목단강지역 밀산에서 1930년대 항일극 「혈해지창」의 대본을 찾아 보관하던 중 『연변 문학(1959년 9월)』에 발표한 것이다. 문제는 '까마귀' 가 누구인지 전혀 모른다는 것이며 심지어 그 필명도 작품의 발굴자 겸 보관자가 작가 서명이 없어 그냥 써넣은 것이라는 말도 있다.

「혈해」와 「혈해지창」뿐만 아니라 중국 조선족 연극사학자들은 북한 혁명가극과 혁명연극들 가운데 「경축대회(연도 미상)」와 「성황당(연도 미상)」도 1930년대 항일 무장투쟁시기에 공연되었다고 기록으로만 전해지는 작품이라고 말하고 있다.

이처럼 공연기록만 있을 뿐 작가를 전혀 모르는 상태에서 「피바다」는 김일성이 직접 창작한 혁명가극으로 규정될 뿐이다. 이는 피바다극단이 창립되고 「피바다」가 공연된 1971년의 사회적 문맥으로 밝혀진다. 1971년은 김일성이 유일사상체계 확립을 한 1967년을 거쳐 주체사상을 당의 유일한 지도 이념으로 선언한 1970년 바로 다음 해이다. 즉, 1971년은 북한의 주체시기이며 주체문학 예술시기이다. 주체문학 예술시기에 가장 중요한 문예정책은 항일 혁명문학 예술의 역사적·혁명적 전통을 확립하고 계승하여 수령문학 예술을 형상화하는 것이다.

북한 연극사에 따르면 항일 혁명문학 예술 연극은 '항일혁명투쟁의 첫 시기인 혁명연극(1926~1931)'과 '항일무장투쟁시기의 혁명연극(1931~1945)'으로 나눌 수 있다. 「피바다」는 계급적으로 각성하고 혁명적 세계관을 세워나가는 혁명화 과정을 그리면서 무장 투쟁의 길을 밝히는, 김일성이 창작한 항일무장투쟁시기의 작품이다. 이런 의미에서 작품은 항일 혁명문학 예술의 전통을 계승하고 김일성 자신을 스스로 형상화한 가장 전형적인 주체문학 예술의 모델이 된다. 이 시기에 「피바다」를 포함한 5대 혁명가극 작품들이 창작되어 공연하게 된다. 이런 의미에서 혁명가극은 김일성 유일 체제를 확립하기 위한 선전선동의 도구로 존재하는 것이다.

「성황당」식 혁명연극과 5대 혁명연극

「성황당」식 혁명연극

혁명연극은 1967년 이전의 낡은 연극을 대체하는 용어다. 그 역사적 출발은 1930년대 항일 혁명연극이다. 항일 혁명예술이 연극과 가요를 중심으로 하고 있으므로 낡은 예술에서 혁명예술로 우선 개조·변혁되는 장르는 혁명연극과 혁명가극이다. 여기서 혁명연극은 항일 혁명연극을 기반으로 하여 만들어진 이른바 「성황당」식 연극을 말한다.

「성황당」식 혁명연극은 연극혁명에서 시작된다. '연극혁명'이란 주체시대의 요구에 맞는 새로운 혁명연극을 창작하는 것으로 내용과 형식 및 창조체계와 창조방법의 전환으로 이루어진다. '내용의 혁명적 전환'이란 참다운 주체형의 인간 전형을 새롭게 창조하는 것이고, '형식의 혁명적 전환'이란 혁명적으로 전환된 내용을 더욱 생동적으로 드러내는 새로운 형식으로 창조하는 것이며, '창조체계와 창조방법의 혁명적 전환'이란 연극 창조방법의 근본적인 혁신과 연극예술인들의 주체적 역할을 뜻한다. 이러한 연극혁명을 실천하기 위해 국립연극단은 1930년대 김일성이 항일 혁명 전적지에서 창작 공연을 했다고 알려진, 즉 혁명 전통의 순결성을 인정받을 수 있는 일련의 작품들을 재구성하여 공연하게 된다.

김정일의 지도로 연극혁명의 출발작품으로 만들어진 것이 「성황당」인데 이는 「성황당」식 혁명연극의 시작이 된다. 가장 혁명적이며 인민적인 연극인 「성황당」식 혁명연극은 다음과 같은 토대에 의해 제작해야 한다.

① 「성황당」식 혁명연극은 주체문예이론을 근거로 하여 주체시대의 자주적인 인간 전형을 창조하고, 생활형식이론을 근거로 하여 생활적인 형식을 기본으로 하는 입체적인 형식을 창조한다.

② 「성황당」식 혁명연극의 대본은 내용면에서는 자주적인 인간이나 인간의 자주성을 위해 투쟁하는 인간 전형을 창조하고, 형식에는 그러한 내용을 현실생활과 성격의 논리에 맞게 자연스럽고 생동감 있게 구성하고 배열해야 한다.

③ 「성황당」식 혁명연극에서 연출가는 무대집단사업의 창조

자다. 그러므로 즉흥주의와 경험주의를 배제하여 집단의 창조정신과 창조능력을 끊임없이 발양시켜야 한다. 창조자로서 연출가는 모방과 도식을 배제하고 발전하는 사회 현실에 맞게 희곡을 끊임없이 새로운 형상으로 창조해야 한다.

④ 「성황당」식 혁명연극에서 배우는 혁명적 세계관을 근거로 등장인물의 성격과 생활을 분석하여 체현해야 하고, 과학적 지식을 근거로 대사를 자연스럽고 진실하게 구사해야 하며 진실성을 근거로 대사에 알맞은 행동으로 연기를 구사해야 한다.

⑤ 「성황당」식 혁명연극에서 무대는 입체화되어야 한다. '입체화'란 무대는 배우가 심리적·육체적 자각상태에서 연기할 수 있도록 실생활과 같이 꾸며져야 하는 것으로, 배우의 연기 공간을 넓힐 수 있는 거대한 배경을 장치해야 한다. 무대 효과를 극대화할 수 있도록 장치, 조명, 미술, 음향 등을 균등하게 배합하여 조화롭게 사용해야 하고 작품의 인식과 교양적 효과를 높이기 위해 흐름식 무대 전환 방법을 사용해야 한다.

⑥ 「성황당」식 혁명연극에서 음악은 방창의 사용을 적절히 해야 한다. '방창'이란 무대 뒤에서 이야기의 줄거리에 얽힌 인물들의 관계, 갈등, 상황, 사건을 제 3자의 입장에서 객관적으로 서술, 대변, 평가하는 능동적인 수단이다. 이러한 방창은 배우의 연기에 어울리게 음악적 형상으로 받쳐줄 수 있어야 하며 막과 막, 장과 장 사이의 연결 수단으로 사용되

어야 한다.

이러한 이론을 토대로 하여 만들어진 5대 혁명연극은 「성황당(1978)」을 비롯하여 「혈분만국회(1984)」 「딸에게서 온 편지(1987)」 「경축대회(1988)」 「3인 1당(1988)」이다. 이러한 작품들을 비롯하여 현재까지 혁명연극은 계속 생산된다.

성황당(城隍堂)

혁명연극 「성황당」은 항일혁명연극 「성황당(1928)」이 원작이다. 연극 「성황당(1928)」은 김정일이 말한 바로는 수령님께서 항일혁명투쟁시기에 친히 창작하신 불후의 고전 명작이다. 1968년 조선예술영화촬영소에서 각색하여 예술영화 「성황당」을 제작했고 1978년 희곡 「성황당」으로 재창작되었다. 이어 희곡 「성황당」은 1978년 8월 국립연극단에 의해 연극 「성황당」으로 무대공연이 이루어졌다.

성황당(城隍堂)은 원래 마을의 수호신인 서낭을 모신 신당으로 서낭당을 한자로 표기한 것이다. 연극 「성황당」도 제목처럼 민간신앙이 의미하는 미신 타파를 극의 모티브로 삼고 있다. 그 모티브는 성황당이라는 공간에서 출발한다. 내용은 다음과 같다.

성황당 신에게 믿음으로 딸 복순의 혼사비용을 해결하려는 박씨와 그 신을 부정하는 머슴 돌쇠 간의 갈등이 시작된다. 갈등은 다시 견원지간인 백 구장과 황 지주가 서로 복순을 탁 군수의 세 번째 첩으로 보내려는 것으로 확산된다. 백 구장은 박씨에게 자신이 딸의 혼사비용을 마련해 줄 때까지 복순이 탁 군수 집의 유모로 가 있기를 요구하고, 황 지주는 빚을 독촉하면서 결혼을 늦추기를 요구한다. 이 와중에 백 구장과 황 지주가 동시에 불러들인 무당과 전도부인, 중들이 서로 이기적이고 저질스러운 싸움을 한다. 마침내 무당과 황 지주의 농간으로 박씨가 복순을 탁 군수의 첩으로 보내려고 하자 돌쇠는 마을청년들과 규합하여 성황신 흉내를 내어 그들을 꾸짖는다. 이에 박씨는 백 구장과 황 지주, 무당들의 본심을 알아차리고 성황신이 미신임을 깨닫는다. 그는 스스로 성황당을 부수고 마을 사람들과 함께 춤을 추는 것으로 연극은 끝맺는다.

작품에서 미신 타파의 사건진행은 돌쇠 및 마을청년들과 백 구장, 황 지주, 탁 군수, 전도부인, 중, 무당들과의 대립으로 이루어진다. 그 대립에서 주인공은 머슴 돌쇠이다. 마을청년들도 주인공 돌쇠와 마찬가지로 1920년대 말 북부조선 어느 산골 마을의 빈농들이다. 반면 반동인물들 가운데 백 구장, 황 지주, 탁 군수 등은 지배 집단이며 전도부인, 중, 무당들은 미신 집단이다. 이 작품은 주동세력인 빈농 집단과 반동세력인 지배 집단 및 미신 집단 간의 싸움은 미신 타파의 사건진행 이면에 계급 간의 투쟁이 내재하고 있음을 보여준다.

이 작품에서 겉으로 드러난 사건진행은 미신 타파지만 그 이면의 근원적 사건진행은 계급갈등이다. 그 갈등에서 천대받는 머슴살이 총각이던 돌쇠가 야학을 배워 지식에 눈을 뜬 후 인민을 속여먹는 원수이자 지배 계층을 대변하는 박씨를 웃음과 지혜로 족친다. 이 때문에 박씨를 미신 타파로부터 자각하게끔 하고, 지배 계급의 허위를 통해 빈농계급임을 깨닫게 한다. 이런 시각에서 작품은 '근로자들을 무지와 몽매에서 벗어나게 하기 위한 계몽적인 문제에만 그치지 않고 인민 대중이 자기 운명을 자주적·창조적으로 개척해 나가는 주체적인 혁명 연극'이라는 평가를 받는다.

5대 혁명연극의 정치사회적 맥락

「혈분만국회」는 1980년 김정일이 원작 「고종조」를 직접 조직하여 고증작업을 지시하여 1984년 국립연극단에 의해 「성황당」식 혁명연극으로 공연되었다. 이 작품은 1906년 가을부터 1907년 여름까지 서울과 북간도, 헤이그를 무대로 실존인물인 이준, 이상설, 이위종의 '헤이그 밀사사건'을 다루고 있다. 헤이그 밀사사건은 1907년 고종이 네덜란드 헤이그에서 열린 만국평화회의에 밀사를 파견하여 을사조약과 일제 침략의 부당성을 폭로하고 한국의 국권 회복을 호소하여 독립을 이루고자 한 역사적 사건이다. 작품은 이러한 역사적 사건을 사건진행의 선으로 하면서도 이준의 자결을 인민들의 자주적인 힘을 믿지 못하고 외세에 의존함으로써 비극적 운명을 맞게 된 것으로 평설하고 있다.

「딸에게서 온 편지」도 1930년대 만주의 여러 곳에서 공연되었던 것을 1987년 국립연극단에 의해 「성황당」식 혁명연극으로 공연된 것이다. 이 작품은 1920년대 말 북부 어느 한 산간 마을을 배경으로 농민들이 빈궁하고 억압적인 생활 속에서도 의식화 과정을 이루는 모습을 그린 것이다. 그 과정이란 문맹인 노예 생활에서 글을 깨치고 지식을 배움으로써 광명을 얻는다는 것이다. 작품은 '산천에 울려가는 야학의 종소리 새날의 언덕으로 모두 부르네 겨레여 눈을 뜨자 지식은 광명 배우며 뜻을 합쳐 나라를 찾자'는 방창으로 결말을 맺는다. 이는 무지와 지식을 노예와 독립, 착취와 해방이라는 것과 등식하고 있다.

「3인 1당」은 옛 송도국의 세 정승(박 정승, 최 정승, 문 정승)간의 권력다툼 탓에 국가가 멸망한 것을 다룬 것으로 1988년 국립연극단에 의해 「성황당」식 혁명연극으로 공연된다. 작품의 서장에서 설화자가 3부 통합을 운운하면서도 파쟁에만 열을 올리던 완고한 민족주의자들에게 환상적인 옛 송도국의 이야기를 통해 단결의 진리를 깨우쳐 준 1929년 역사의 그날을 감회 깊이 생각하기 위해 '옛 송도국'을 다룬다고 말함으로써 막이 시작된다. 이 작품은 옛 송도국의 파쟁을 당시 민족주의운동단체 내 '정의부, 참의부, 신민부' 간의 행태를 파벌싸움으로 풍자하여 비판하고자 한 의도를 직접 표명한 것이다. 아울러 작품 결말에서 '불구름 몰아와 나라를 망친 파쟁의 죄악을 어이 잊으랴 천년만년 세월이 가도 역사의 이 교훈 잊지 않으리.'라고 끝맺고 있는 것에서도 이 의도는 확인된다.

「경축대회」는 1930년대 항일무장투쟁지에서 공연되었던 것을 1988년 국립연극단이 「성황당」식 혁명연극으로 공연한 것이다. 이 작품은 1930년대 중엽 중국 동북 어느 한 성시를 배경으로 항일유격대의 경축대회를 다루고 있다. 그 경축대회는 일본군이 벌리고자 했으나 이를 물리친 항일유격대의 경축대회로 바뀐다. 그 바뀜의 계기는 일본국의 허장성세와 항일 빨치산의 민족자주정신이다. 작품은 서장과 종장에서 '항일유격대의 영활한 전법'을 찬양하는 것으로 막이 오르고 내린다. 이런 의미에서 작품은 항일유격대를 조선인민혁명군으로 지칭하여 김일성의 항일유격대 활동을 사실화하고자 한 것을 알 수 있다.

지금까지 살펴본 「성황당」식 5대 혁명연극 역시 1930년대 김일성이 유격대 활동을 하면서 직접 창작한 것으로 제시되고 있다. 연극의 서장에서 막이 오르면 설화자 혹은 소개자가 나와 "수령님께서 항일혁명투쟁 시기에 창작, 공연하신 작품"이라고 말함으로써 공연이 시작된다. 이러한 작품들의 작가 문제는 중국 연변 조선족 학계의 실증으로 혁명연극이 김일성 창작이라는 주장은 허구라고 밝혀진 적이 있다. 1930년대 현실을 고려한다면 혁명연극은 김일성 개인의 창작이 아니라 당시 지역민들의 공동창작일 가능성이 훨씬 더 높다는 것이다. 이때 '공동창작'이란 먼저 특정 집단에 의해 연극공연이 이루어져 그것이 전승되다가 채록되었다는 의미이다.

문제는 북한에서 「성황당」식 5대 혁명연극이 김일성 창작

임에 이의를 제기하지 못하도록 통제하고 있다는 것이다. 이
것은 「성황당」이 1978년, 나머지 네 작품의 창작과 공연 시기
가 1984년에서 1988년까지라는 것과 밀접한 연관이 있다. 「성
황당」이 창작되고 공연된 1978년은 1970년 11월 제5차 당 대
회에서 주체사상을 당의 유일한 지도 이념으로 선언한 시기와
1980년 제6차 당 대회에서 김정일 후계체제의 확립을 공식화
하기 직전 사이이다. 이 시기에 가장 중요한 문예정책은 항일 혁
명문학 예술의 역사적·혁명적 전통을 확립하고 이를 계승하는
주체문학 예술의 창작이며 수령 형상 문학예술이다. 이는 북한
문학예술의 역사적 정통성이 카프가 아니라 항일 혁명문학 예
술에 두고 있으며, 이를 바탕으로 수령 형상 문학예술의 창작
을 최우선으로 하고 있다는 점에서 주도자가 김일성임을 더욱
분명히 할 정치적 필요가 있었기 때문이다.

1980년 김정일 후계체제 확립이 공식화되자 문학예술은 수
령 형상 문학예술을 계승하여 발전시키는 과제를 안게 된다.
그 과제 중 연극은 앞 시기의 혁명가극과 혁명연극을 계승하고
발전시켜 5대 혁명연극과 5대 혁명가극을 확립하게 되는 것이
었다.

민족가극의 재발견

민족가극의 등장과 재등장

『문학예술사전』에 따르면 '민족가극'은 민족에게 고유한 가극 형식으로, 넓은 의미에서 모든 민족 국가단위로 창작하여 보급되는 것들은 예외 없이 민족가극이라고 말할 수 있다. 더 좁은 의미로는 흔히 판소리 음조로 된 창극 또는 레시타티브(Recitative)라는 음악적 요소를 음악형상수단의 하나로 이용하던 종래의 가극과 구별되는 서도 민요적 바탕의 가극이다. 내용 및 주제는 '혁명전통, 사회주의 현실, 항일 혁명전통, 천리마 시대의 약동한 현실' 등이다.

민족가극에서 가극은 오페라의 현대적 이름이다. 북한 사회주의 관점에서는 반동적인 가극, 진보적인 가극 그리고 혁명가극으로 설명하고 있다. '반동적인 가극'은 16세기 이탈리아에서 발생한 오페라이다. '진보적인 가극'은 18세기 후반 영국에서 새로운 형식으로 만들어진 발라드 오페라(ballad opera)와 프랑스에서 만들어진 희가극(comic opera)으로 동시대 정치와 사회 현실에 대한 풍자를 담고 있다. 이러한 반동적인 가극과 진보적인 가극의 대립 및 투쟁 속에서 발전한 형식을 혁명가극이라고 한다. '혁명가극'은 혁명적 주체사상 고취와 김일성 및 그 가계의 우상화를 위해 가요의 가극화형식으로 만들어졌다.

'북조선가극단'은 1946년 서양식 가극 공연을 전문으로 설립된 단체로 1971년 피바다가극단의 모체가 된다. '조선고전악연구소'는 1947년 판소리 공연 전문 단체로 설립되었다가 1948년 국립예술극장 산하 협률단으로 바뀌고, 1951년 판소리 및 창극을 전문으로 공연하는 국립예술극장 고전악단으로 거듭난 후 1952년에 국립고전예술극장으로 독립한다. '국립예술극장'은 1978년 서양식 가극을 전문으로 하는 최초의 국립극장으로 북조선가극단, 북조선교향악단, 국립합창단을 편입하여 설립되었다가 1956년 서양식 가극 공연을 전문으로 하는 국립예술극장과, 교향악 및 합창을 전문으로 하는 국립교향악단으로 분화된다. 이어 국립예술극장은 1965년 서양식 가극을 전문으로 하는 국립가극극장으로 바뀐다. '국립민족예술극장'은 1948년 창극을 전문으로 하는 최초의 국립극장으로 설립되었다가 1956년 창극단을 산하 단체로 둔다. 이어 1965년 민족가극을 전문으로 하는 국립민족가극극장으로 바뀐다. 다시 국립민족가극극장은 1969년 국립가극극장과 통합되어 민족가극을 전문적으로 공연하는 극장으로 재설립된다.

이러한 전문 가극단의 변천사에서 본다면 판소리 공연은 1952년 국립고전예술극장이 1956년 국립민족예술극장에 이르는 과정에서, 창극 공연은 1956년 국립민족예술극장이 1965년 국립민족가극극장에 이르는 과정에서 사라진다. 서양식 가극 공연은 1948년 국립예술극장에서 시작되었다가 1965년 국립민족가극국장의 설립으로 사라진다. 민족가극 공연은 1965년 국립민족가극극장의 설립으로 시작되어 국립가극극장과 함께 1969년 국립민족가극극장으로 통합되면서 현재까지 지속된다. 민족가극은 1990년대 혁명가극과 혁명연극의 완성이 이루어졌다고 스스로 선언하면서도 새로운 작품을 창작하지도 공연하지도 못하자 다시 등장한 것이다.

민족가극 「춘향전」

민족가극의 첫 대본 「춘향전」은 성춘향과 이몽룡 두 남녀의 사랑을 피지배 계급과 지배 계급 간의 이데올로기적 대립으로 파노라마(Panorama)한 작품이다. 작품의 기본 줄거리는 이미 널리 알려진 이야기와 크게 다르지 않다. 몽룡과 춘향의 만남 → 사랑 → 이별 → 재회의 구조로 전형적인 애정 플롯이다. 이 가운데 몽룡과 춘향의 재회는 변 사또의 탐욕(탐욕에 의한 자극) →

춘향의 시련(선한 인물의 고통) → 몽룡의 출세 → 몽룡의 변 사또 징벌(악한 인물의 형벌) → 춘향과 몽룡의 재회로 멜로드라마적 구조로 구체화된다.

이 작품은 '사랑가의 선율'로 시작되고 끝맺는다. 시작 장면에서 「사랑가」는 '사랑 사랑 내 사랑이야 꽃과 같은 내 사랑이야 그 어디에 피였느냐 가슴 속에 피였네 눈서리에 상할세라 찬바람에 질세라 옥과 같이 소중히 고이 지킨 내 사랑아'를 무대 밖에서 여성 방창으로 들려준다. 끝 장면에는 '사랑 사랑 내 사랑이야 꽃과 같은 내 사랑이야 내 가슴에 피여도 네 가슴에 피여도 우리 사랑 하나일세'를 춘향과 몽룡 간의 교환창으로, '절개 없는 사랑을 사랑이라 말하랴 백 년 가도 한마음 천 년 가도 한마음 변치 않을 우리 사랑'을 여인들의 합창으로, '솔잎처럼 푸른 절개 참대처럼 곧은 절개'를 대중창으로, '고생 끝에 님 만나 오늘 기쁨 안았네 변치 않을 우리 사랑'을 춘향과 몽룡 간의 교환창으로, '세월아 전하라 춘향의 이야기'를 대중창으로 들려준다. 사랑가로 시작하고 끝맺는다는 의미에서 이 작품은 사랑의 환희이며 굳은 절개를 통해 변치 않을 사랑에 이를 수 있다는 비전을 제시하고 있다.

이러한 이야기 구조를 전개해 나가는 주요 인물들은 월매와 딸 춘향, 전임 남원 부사의 아들 몽룡과 신임 남원 부사 변 사또, 춘향의 시중 향단과 몽룡의 하인 방자, 남원 관가와 남원 농민들이다.

월매는 혼자서 딸을 키우는 천민계급에 속하는 퇴기로, 딸

「춘향전」 – 춘향의 재회장면

에게 여자의 행실을 가르치는 모성애가 넘치는 어머니로 형상
화되고 있다. 그 모성애는 사랑에도 빈부귀천의 차이가 있음을
알고도 몽룡과 춘향의 사랑을 연분으로 받아들이게 한다. 이런
의미에서 월매는 신분계급의 현실을 인식하면서도 모성애로 딸
의 사랑을 수락하고 완성하게 하는 선한 인물이다.

　춘향은 미혼 여성으로 활짝 핀 예쁜 얼굴과 도도한 마음, 아
름다운 행실을 가진 선한 인물이다. 춘향의 이러한 사람됨을
둘러싸고 몽룡과 변 사또가 대립한다. 공통으로 양반계급에 속
하지만 몽룡은 담장 높은 책방에서 글만 읽어 현실을 파악하
지 못하는 도련님으로, 변 사또는 탐욕스럽고 악착한 정치로
현실을 부패시키는 사람으로 표현된다.

　춘향의 시중 향단과 몽룡의 하인 방자는 신분 차이라는 방
해물이 없는 상놈끼리 사랑을 맺는다. 이 사랑의 의미는 신분
계급의 차이가 사랑의 적대적 방해물이며 춘향과 몽룡 간의
사랑도 신분 차이로 방해받을 수 있고, 악의 인물 변학도가 둘

의 사랑을 방해할 수 있다는 것을 나타낸다.

남원 관가와 남원 농민들의 관계는 다른 「춘향전」과는 달리 이 작품에서 매우 중요하게 다루어진다. 농민들은 개인이 아닌 집단으로서 행동한다. 이 행동은 농민계급의 '죽을 판'과 남원 관가의 '악랄한 정치판'을 극단적으로 대립시키면서 지배 계급의 도덕적 타락을 악으로 내세우고 있다.

이러한 인물들에서 본다면 이 작품은 춘향을 중심으로 한 평민계급을 선한 인물로, 변 사또를 중심으로 한 양반계급을 악한 인물로 묘사하면서 피지배 계급과 지배 계급 간의 관계도 선과 악의 극단적 대립으로 묘사하고 있다. 따라서 민족가극 「춘향전」은 피지배 계급과 지배 계급을 선과 악의 개인적 사람 됨 및 계급대립으로 극단화시켜 계급을 초월한 사랑과 지배 계급의 탐욕 및 악랄한 정치를 메시지로 나타내고 있다.

민족가극의 정치사회적 맥락

판소리 및 창극을 대체한 민족가극의 등장은 천리마 문학예술의 확립과 관련된다. 이 시기는 북한에서 사회주의의 전면적 건설과 완전한 승리를 앞당기기 위한 투쟁의 시기로 여기서 가장 중요한 문학예술 강령은 천리마 문학예술 창조이다. 이 시기 문학예술은 공산주의 교양사업의 강화와 항일 혁명 무장투쟁 전통 확립의 형상화에 있다. 즉 공산주의 교양사업 강화로 낡고 반동적인 것을 제거하고, 진보적이고 인민적인 것을 계승하는 것이다. 가극에서 낡고 반동적인 것은 판소리와 창극인데, 그 속에 있는 진보적이고 인민적인 것을 계승하면서 등장한 것이 민족가극이다.

민족가극은 판소리에서는 탁성을 제거하고 남녀 성부를 분리한다. 또한 창극에서는 비속성과 한문어투, 남도 판소리를 제거하고 사회주의적 현실과 우리말 어법, 민요 및 절가와 민족 관현악, 방창과 흐름식 입체무대 도입 등으로 그 형식을 구체화한다. 그 성과로 「황해의 노래」 「강 건너 마을에서 새 노래 들려온다」 「무궁화 꽃 수건」 「여성혁명가」 「붉게 피는 꽃」이 창작되었다. 이 작품들은 창극에서 처음으로 서도 민요에 기초하여 사회주의 현실인 혁명적 주제 및 현실적 주제를 다루고 반영한 성과로 평가받는다.

민족가극의 재등장은 1994년 7월 김일성 사망을 계기로 5년간 진행되었던 유훈 통치기, 즉 '고난의 행군' 기간 속에서 혁명문학 예술작품 창작의 양이 많이 감소한 것에 근원을 두고 있다. 그뿐만 아니라 1990년 소련을 비롯한 동구 사회주의의 몰락을 뜻하는 '사회주의 위기'가 대두한다. 이에 문화·예술적으로는 주체사실주의의 완성 탓에 오히려 소멸되어 가는 혁명문학 예술의 새로운 창작과 통제의 이데올로기로서, 정치·사회적으로는 국제 사회주의의 해체에 대한 북한사회의 통제이데올로기로서 조선민족제일주의가 대두한다. 이러한 조선민족제일주의를 토대로 혁명적 문학예술의 창작을 가속하자는 제안은 혁명가극에서 민족가극의 재등장으로 나타난다. 이는 천리마

시기의 민족가극과 주체시기의 「피바다」식 혁명가극의 전통 및 양식을 그대로 계승한 것인데 그 실천적인 첫 작품이 1988년 「춘향전」이며 「박씨부인전(1993)」「심청전(1994)」 등이 뒤를 이어 창작되었다.

경희극과 극 작품들

경희극의 등장과 재등장

북한연극에서 경희극은 희극의 하위 갈래이다. 북한 희극은 작품에 반영되는 생활 내용의 특성에 따라 '풍자극'과 '경희극'으로 나누어진다. 풍자극의 주인공은 역사의 무대에서 물러나지 않고 자기 존재의 정당성을 내세우다 결국 멸망하는 모순된 성격을 가진 반동세력이다. 그 내용은 희극적으로 생활의 적대적인 모순을 체현하고 있다. 반면 경희극의 주인공은 낡은 사상 잔재와 생활습성을 가지고 있지만, 시대적 요구와 혁명의 전진을 같이 하려는 새로운 사람으로 재생되는 인물로 생활에서 상용적 모순을 체현하고 있는 희극적인 내용이다. 이런 경희극을 『문학예술사전』에는 다음과 같이 정의하고 있다.

> 희극의 한 형태. 시대에 뒤떨어진 낡고 부정적인 형상들을
> 가벼운 웃음을 통해 비판, 고치는 것이 특징이다. 풍자희곡
> 과 달리 희극적 주인공들을 전면적으로 부정하는 것이 아니
> 라 그 인물에게 있는 낡고 부정적인 측면을 명랑하고 가벼
> 운 웃음으로 비판한다.

동지적 협조와 단결이 사회관계의 기본인 사회주의사회의
현실을 반영한 경희극은 공동의 이상을 실현하기 위한 투쟁과
정에서 근로자들 속에 나타나는 낡고 부정적인 현상을 비판한
다. 경희극에서 희극적 주인공이 웃음을 자아내는 이유는 자기
의 사고와 행동이 시대에 뒤떨어짐에도 그것이 정당하고 진보
적이라고 믿기 때문이다. 경희극 작품들에서 희극적 주인공은
풍자극의 희극적 주인공과는 달리 자체 내에 긍정적인 면도 가
지고 있는 인물이다. 그의 주관적 의도와는 달리 사고와 행동
에서 이러저러한 부족한 점이 나타나면서도 결국은 자기의 결
함을 인정하고 가벼운 웃음으로 비판을 접수한다. 일반적으로
경희극에는 희극적 주인공과 함께 긍정적 인물도 등장한다. 이
러한 인물은 희극적 주인공의 부정적인 면을 폭로하고 비판함
으로써 그에게 긍정적인 영향을 주어 그의 결함을 바로잡도록
적극적인 작용을 한다. 또한 경희극에는 흔히 해학과 과장의
수법이 널리 쓰이고 있다. 사실주의 경희극에서 해학과 과장은

작품의 교양적 목적에 맞게 생활의 진실로부터 출발한 것이다. 착취사회에서 북한 희극이 풍자희극이 주가 되었다면, 착취가 없어진 긍정적 사회주의 사회에서는 경희극이 주가 되어 교양 있고 힘 있는 수단으로 사용된다.

북한에서 경희극의 첫 창작과 공연이 이루어진 것은 1960년 대 초기이다. 1961년 리동춘의 「산울림」과 1962년 「소문 없이 큰일 했네」가 발표되었다. 리동춘의 「산울림」은 희극 장르 발전의 커다란 성과로 지지를 받았지만 「소문 없이 큰일 했네」는 수정주의로 비판을 받았다. 그 결과인지 알 수는 없지만, 동시대 경희극은 1963년 지재룡의 「청춘의 활무대」, 1968년 리동춘의 「자랑 끝에 있는 일」만 창작·발표된다.

이어 1971년 「피바다」식 혁명가극으로 혁명적 비극이 확립되자 경희극은 1972년 김용완의 「군민은 한마음(『조선예술』, 1972.2)」을 끝으로 다시 발표되지 않는다. 그러다 1978년 「성황당」식 혁명연극으로 북한연극에서 희극적 성격이 강화되자 경희극은 1979년부터 다시 창작되기 시작한다. 이러한 경희극의 새로운 등장은 1980년대에서 1990년대를 거치면서 현재 북한에서 가장 주도적인 연극의 종류로 자리 잡았다.

「산울림」

「산울림」은 리동춘의 창작 희곡으로 1962년 김순익 연출로 원산연극단에서 처음 공연된다. 이 작품은 어느 한 산간마을 협동농장에서 알곡 100만을 증산하라는 당의 정책을 관철하기 위해 새 땅을 개간하는 문제를 둘러싸고 벌어지는 사건을 다루고 있다. 그 사건은 관리위원장 리송재와 젊은 제대 군인 황석철의 의견 차이로 일어난다. 리송재는 경작지를 확장하는 것으로, 황석철은 산을 개간하는 것으로 서로 방법론적 차이를 보인다. 황석철은 새로 온 리당 위원장의 지도로 농장원들의 지지를 받으며 리송재를 설득하여 결국 산의 개간에 성공한다. 리송재는 소극적이고 보수적이지만 황석철은 적극적이고 진보적이다. 리송재는 황석철과 함께 시대적 요구와 혁명의 전진을 같이 하려는 새 인간으로 재생되고, 황석철의 적극성과 진취성은 과장되게 표현되어 웃음을 자아낸다.

「산울림」은 1961년 「문학신문(10.13~10.24)」에 처음 발표되어 원산연극단에 의해 북한 지역에 순회공연되면서 그 성과에 관한 논의가 이루어진다. 그 결과 2000년대에 이르러 「산울림」이 경희극의 최초 작품이며 공연작으로 인정받게 된다.

창작자 리동춘(1925~1988)은 북한의 대표적인 극작가다. 해방 직후 사리원의 효종극단에서 배우 생활을 시작으로 황해북도 도립극장 과장을 거치면서 1955년 극작가의 길로 나선다. 「산울림」은 그의 대표 작품이며 현재까지도 북한에서 가장 인기 있는 공연작품이다. 'Daily NK(http://www.dailynk.com)'의 보도에 따르면 2011년 3월 27일 김정일과 김정은이 장성택, 김경희, 리영호, 김기남 등 수뇌부를 동행하여 「산울림」 공연 관람 후 김정일이 "대중의 정신력을 총발동하는 데 적극 이바지하는 경희극 「산울림」과 같은 명작들을 더 많이 창조하고 공연활동을 과감히 벌여나가야 한다."라고 말했다고 한다.

경제선동에서 자력갱생으로

1980년대에 다시 등장한 경희극의 대표적 작품으로는 한태갑의 「연구해보겠습니다(1984.11)」와 전평창의 「뻐꾹새 운다(1986.1)」, 김준영의 「지향(1988.5)」 등을 들 수 있다.

「연구해보겠습니다」는 신발공장 노동자 옥화가 개발한 신발 문양기를 생산설비로 도입하여 공장의 기계화를 이룬다는 내용이다. 「뻐꾹새 운다」는 협동농장 젊은이들이 김매기기계의 개발과 제작에 성공하여 고장을 문화농촌도시로 만들기 위해 노력한다는 내용이다. 「지향」은 한 노동자가 벽돌생산로를 개선하여 벽돌생산 기술혁신을 이룬다는 내용이다.

「연구해보겠습니다」와 「지향」이 공장에서 일어난 일이라면 「뻐꾹새 운다」는 농촌의 협동농장에서 일어난 일로 장소만 바뀌었을 뿐 자력갱생, 주체화, 기계화, 현대화, 과학화 등의 경제선동을 주제로 한다는 점에서 같은 유형의 작품이다. 이 작품들의 젊은이들은 새로운 기계를 개발하거나 기술 혁신을 위해 스스로 앞장선다. 반면 구세대들은 무사안일주의와 무지, 고집, 오해, 간계 등으로 젊은이들을 방해한다. 결국 그 결말로 구세대는 웃음거리가 되어 자신들의 어리석음을 깨닫고 젊은이들과 화해한다. 이처럼 이 작품들은 구세대와 신세대 간의 갈등과 극적 구조의 동일성을 함께 가지고 있다.

또한 경희극 작품들을 통해 북한사회가 처한 현실적인 문제, 즉 도농 간의 격차와 도시바람으로 표현되는 젊은이들의 이농현상, 젊은 남녀 간의 자유연애 현상, 구세대의 가부장적 질서현상 등을 확인할 수 있다. 나아가 1970년대 북한사회를 지배했던 주도적인 사회운동 '속도전'이 1980년대도 여전히 유효하다는 것을 보여준다. 속도전은 3대 혁명소조운동과 함께 김정일 후계체제의 구축과정에서 만들어진 사회문화운동이다. 최단 시일 내에 양적·질적으로 최상의 성과를 이룩하는 것을 목적으로 하는 속도전은 3대 혁명과 함께 1970년대 북한사회를 지배하는 주도적인 사회운동이다. '3대 혁명'은 사상·기술·문화 혁명을 뜻하는데, 공산주의의 낮은 단계로 진입하려면 낡은 사회의 유물을 청산하고 새로운 공산주의의 사상, 기술, 문화를 창조해야 사회주의 완전 건설에 이바지할 수 있다는 것을 말한다. 그 가운데 사회주의 건설의 물질적 토대는 기술혁명으로 가능하며 그 혁명은 산업의 근대화, 기계화, 자동화에 의해 이루어진다. 이에 북한사회는 제1차 6개년 계획(1971~1976)을 통해 기술혁명을, 제2차 7개년 계획(1978~1984)을 통해 그 기술을 현대화·과학화했다. 1980년대 현대화, 과학화는 주민생활을 향상하고 생산량을 배가하는 데 목표를 두고 있다. 이는 사회경제적 조건들(낮은 기술 수준, 외화부족, 군사비 부담, 경직된 계획경제, 투자배분의 잘못 등)로 인해 달성하기 어려운 문제점들을 노출하는데, 이러한 1980년대 속도전이 텍스트 환경으로 놓여 있다. 1980년대 속도전이라는 환경에서 본다면 텍스트는 기계화, 현대화, 과학화로 매진하는 동시대 현실을 형상화하고 있으며 그러한 현실목표가 노동자의 자력갱생으로 이루어져야 한다고 선전한다.

1980년대 경제선동을 현실 주제로 선택한 경희극은 1990년대로 이어지는데, 대표적인 작품에는 리영대의 「외아들(1991.5)」과 박정남의 「없어도 될 사람(1996.9)」, 백상균의 「발동소리 울린다(1997.3)」 등이 있다. 1980년대와는 달리 이 작품들에서 강조되고 있는 것은 '자력갱생'이다.

군민일치사상에서 선군사상으로

1990년대 경희극의 지배적인 흐름은 군민 일치사상이다. 대표적인 작품으로 김국성, 리성일의 「하나로 잇닿은 마음(1988.6)」에서 시작된 선군 사상은 박호일의 작품들 「한마음 한모습으로(1993.7.8)」와 「편지(1999.9)」「동지(1999.10)」 등으로 이어지고 있다.

「하나로 잇닿은 마음」은 관민일치사상을 주제로 한 첫 번째 작품이다. 텍스트는 광복거리 건설장을 배경으로 건설자들에게 60톤이나 되는 대형 트라스를 시급히 조립해야 하는 과업을 극적 상황으로, 홍선희 부부가 밤에 아무도 모르게 그 트라스를 들어 올린다는 것을 극적 해결로 제시하고 있다. 여기에 극적 상황과 해결 과정에서 미담의 주인공을 찾으려는 황재식과 그 사실을 숨기려는 홍선희 부부간에 '찾음과 숨김'의 태도적 차이가 있다. 이는 광복거리 건설에 이바지한 숨은 영웅을 찾으려는 태도와 그것을 스스로 숨기려는 시각의 차이일 뿐 서로 간에 공격적·적대적 행위로 말미암은 갈등은 전혀 없다. 이런 의미에서 텍스트는 숨은 영웅 찾기에 관련된 이야기이고 숨은 영웅을 형상화한 작품이다. 이 작품에서 숨은 영웅 홍선희는 처녀돌격대장으로 인민군 소대장의 아내이며 영화예술인 경제선동대원의 친구이기도 하다. 홍선희의 숨은 영웅 행위는 모두에게 '광복거리의 건설을 위한 200일 전투'로 매진하게 하는 행위이다. 이런 의미에서 주인공인 숨은 영웅과 군, 주민은 상호작용을 일으켜 극적 결말을 맺게 된다. 즉, 이 작품은 '친애하는 지도자 동지 높은 뜻 받들고 위대한 주체사상 빛내가리라'라는 군민 일치사상을 형상화하고 있다.

「한마음 한 모습으로」는 「하나로 잇닿은 마음」을 그대로 재현한 것 같다. 텍스트는 현대 조국해방전쟁승리기념탑 건설장에 남아 일하기 위해 부부행세를 하는 전쟁참가자 박두칠과 김보비의 이야기이다. 청년돌격대장, 인민군 대장과 병사, 그리고 일반 주민(박두칠의 처, 김보미의 영감) 등으로 구성된 등장인물들은 박두칠과 김보미의 부부행세를 차례로 눈치채지만 모른 체한다. 그 비밀을 캐내지 않으면 직위를 잃게 되는 청년돌격대비편제 영접지도원 영달이 직위에서 물러나게 될 상황이 되어 의식을 잃고 쓰러지자, 두 사람은 비로소 사실을 말한다. 이에 조국해방전쟁승리기념탑 건설장에서 일하는 모든 사람이 「당신이 없으면 조국도 없다」를 합창하고 「경애하는 최고사령관 김정일 장군님 만세」의 환호로 끝을 맺는다. 「하나로 잇닿은 마음」과 마찬가지로 텍스트는 어버이 김정일 장군님을 높이 모시고 사회주의를 끝까지 지키겠다는 군민 일치사상을 형상화하고 있다.

1990년대 이러한 군민 일치사상을 주제로 한 경희극의 공통적인 특징은 김정일에 대한 찬양과 김정일을 중심으로 사회주의를 지키자는 것이다. 이것도 역시 경희극이 선전극임을 강조한 것이다. 이러한 경희극작품들은 10명을 넘지 않는 인물이 등장하는 1980년대와는 달리 조선예술촬영소와 조선 2·8예술영화촬영소에서 200여 명의 인원이 동원된 대작으로 만들어졌다.

군민 일치사상은 2000년대에는 선군 사상으로 주제가 이어지는데 대표적인 작품에는 「약속(2001)」 「청춘은 빛나라(2001)」 「철령(2003)」 「계승자(2003)」 「대홍단전설(2003)」 「열매(2004)」 「생명(2005)」 「우리(2006)」 「가짜와 진짜(2006)」 등이 있다. 이러한 작품들의 대량 생산으로 2003년은 '경희극의 최전성기 해(「로동신문」, 11.30)'로 부르고 있다. 아울러 2000년대 경희극은 선군 혁명 문학예술의 하위 갈래로 '혁명적 경희극'이라고 한다.

현재까지 「조선예술」이나 「로동신문」에 공연사진이 실렸거나 관극평의 대상이 되었고, 조선중앙방송에도 보도된 경희극에는 「가짜와 진짜」 「계승자」 「끝장을 보자」 「다시 돌아온 잉어」 「대지에 새겨가는 약속」 「대홍단전설」 「동지」 「발동소리 울

예술영화 「끝나지 않은 편지」

린다」「보람찬 우리생활(농촌편)」「보람찬 우리생활(도시편)」「뻐꾹새 운다」「생명」「약속」「없어도 될 사람」「연구해보겠습니다」「열매」「외아들」「우리」「웃으며 가자」「자강도사람」「지향」「철령」「청춘은 빛나라」「축복」「큰잔치」「편지」「하나로 잇닿은 마음」「한마음 한 모습으로」 등이 있다. 이러한 작품들 가운데 「동지」「약속」「웃으며 가자」「축복」「편지」는 김정일의 덕성을 중심으로 설정된 작품(「조선예술」, 2001.12)이다. 또한 「동지」「약속」「철령」「축복」「편지」는 선군 사상을 다룬 명작(『로동신문』, 10.16)으로 특히 「철령」은 2003년 자본주의 사상·문화 유입방지에 주력하면서 정치사상전선을 지키는 데 위력을 떨친 선군혁명 문학예술(『로동신문』, 11.28)로 선정되었다.

영화의 종류와 제작, 보급

  예술의 종류와 형태에서 본다면 북한 영화는 형상대상 및
수법에 따라 예술, 기록, 과학, 아동영화로, 용적 및 규모에 따
라서는 단편, 중편, 장편영화로 나누어진다. 또한 화면의 색깔
에 따라서는 흑백색, 천연색영화로, 규격에 따라서는 소폭, 광
폭, 입체, 텔레비전, 녹화(비디오)영화로 나누어진다. 이러한 종류
로 나누어지는 북한 영화의 기본 노선과 정책 및 실천 지침은
무엇보다 김정일의 '영화예술론'이 모든 영화이론에서 가장 우
선시 된다.

  영화예술론에서는 영화의 사회적 소통과정을 '영화문학의
창작 → 영화예술의 제작 → 국가 및 당의 보급'으로 제시하고
있다. 이러한 소통과정은 당 조직의 지시에 따라 행정조직을 거

처 사회단체로 전달되면서, 그 작가가 구성원으로 소속되어 있는 집단에 의해 이루어진다. 당 조직은 영화예술과, 예술지도과, 선동과를 하부조직으로 가지고 있는 선동부와 그 상위조직인 선전선동부로 구성된다. 행정조직은 내각 문화성 산하에 있는 보급처, 계획처, 생산처, 기술처, 제작처, 재정처, 자재상사를 하위조직으로 두고 있는 영화총국이다. 당의 영화예술과에서 제작 지시가 내려오면 내각 문화성의 영화총국은 관련 실무 행정을 담당하고, 사회단체에서는 영화 제작에 착수하게 된다.

그 첫 작업은 영화문학의 창작인데 이는 크게 나누어 조선영화인동맹, 조선영화문학사, 독립 단체이거나 촬영소 산하단체로 있는 영화문학창작단, 영화문학 공모에 의해 이루어진다. '조선영화인동맹'은 1953년 설립된 조선문학예술총동맹 산하 단체로 연출, 연기, 장치, 효과, 평론의 5개 분과를 산하 조직으로 두면서 각 촬영소와 협조관계를 맺고 영화 제작에 참여한다. '조선영화문학창작사'는 1948년 6월 14일 시나리오창작위원회로 창단하여 현재에 이르기까지 최고의 영화문학 창작단체이다. 이 단체는 당의 지침에 따라 주제별로 작품을 창작하는데 혁명전통과 한국전쟁이 각각 30퍼센트, 사회주의건설과 조국통일이 각각 20퍼센트로 연간, 월간 창작 계획을 수립하여 조선영화인동맹에 제출하고 노동당 중앙위원회 문화예술부의 비준을 받은 계획에 따라 작품을 창작한다. 아울러 조선영화문학창작사는 1973년 무렵 영화문학뿐만 아니라 영화주제가와 삽입가요의 가사만을 전문적으로 창작하는 '영화가사창작조'

를 조직·운영하고 있다. 영화문학사와 마찬가지로 독립 단체로 있는 것은 '백두산창작단'이다. 백두산창작단은 수령형상 창조를 전문으로 하는 영화문학창작단으로 1967년 주체시기와 함께 창단되어 1993년 해산될 때까지 김일성 유일사상체계에 이바지한 단체이다. 이 창작단은 '불후의 고전적 명작'을 영화로 옮기는 작업을 수행하고 김일성의 혁명역사와 혁명가정을 형상화하는 단체이다. 백두산창작단과는 달리 영화문학창작을 전문으로 하는 촬영소 산하 단체가 있다. 현재 영화촬영소 일곱 군데 중 산하 창작단을 가지고 있는 곳은 조선예술영화촬영소와 조선인민군 4·25 예술영화촬영소이다. 1947년 2월 6일에 창립된 '조선예술영화촬영소'는 내각 문화성 소속으로 산하 창작단으로 대홍단 창작단, 왕재산 창작단, 보천보 창작단, 삼지연 창작단, 모스 필림 제2창작단을 두고 있다. 1959년 5월 16일에 조선인민군 2·8 영화촬영소로 설립되었다가 명칭을 변경한 '조선인민군 4·25 예술영화촬영소'는 인민군 총정치국 소속으로, 산하 창작단으로는 월미도 창작단, 대덕산 창작단, 월비산 창작단을 두고 있다. 영화문학 공모는 일반 영화문학과 시나리오와 아동영화문학으로 나누어 국가적 기념일(예를 들어 김일성 생일 4월 15일, 김정일 생일 2월 16일, 노동당 창건일 10월 10일) 등에 시행하며, 조선영화문학창작사를 비롯하여 각 촬영소 혹은 서로 간의 공동으로 영화문학작품현상모집을 한다. 근래에는 텔레비전문학 작품현상모집을 하기도 한다.

영화문학작품의 심의 및 선택이 이루어지면 연출가를 중심으로 제작에 참여하는 창작단이 구성된다. 연출가는 영화문학 작가와 마찬가지로 자기가 소속된 영화촬영소에서 활동한다. 영화촬영소는 현재 일곱 곳(①조선예술영화촬영소, ②조선인민군 4·25 예술영화촬영소, ③조선기록영화촬영소, ④조선교육영화촬영소, ⑤조선 번역영화촬영소, ⑥신필림촬영소, ⑦중공업위원회촬영소)이며 이 가운데 신필림촬영소, 중공업위원회촬영소는 사실상 해체된 것과 같 다. 영화촬영은 이러한 촬영소 가운데 실제 활동하는 5개 촬 영소 소속 영화촬영가, 영화미술가, 영화음악가, 그리고 배우와 함께 창작단이 구성되면서 영화촬영이 이루어진다. 이를 시작 으로 편집을 거쳐 영화를 상영한다.

영화예술의 제작이 완료되면 공식적인 영화보급기관에 의해 영화보급이 이루어진다. 영화보급기관에는 정무원 문화예술부 영화보급사업소(현 내각 문화성 영화보급사업처)와 조선영화 보급사, 1972년 창설된 중앙예술 보급사가 있다. 영화보급사업소가 실 제 영화보급을 담당하고 있는 영화보급일꾼을 양성하여 영화 를 상영하고 대중들의 '영화실효투쟁'을 전개하도록 한다면, 중 앙예술 보급사는 극장 공연활동과 극장의 좌석을 장악하여 관 람조직에 지령체계를 세우고 극장(구경)표를 광범위한 군중에게 팔아주는 일을 한다. 이러한 보급기관들은 일반 영화를 대상으 로 전국 단일체계로 보급한다. 단, 평양은 극장이 많으므로 별 도로 영화보급사업처가 설치되어 있다.

이러한 영화의 보급체계에 따라 먼저 갖추어야 할 것은 영 화보급시설이다. 영화보급시설은 현재 약 1,000여 개의 극장이 있으며 최근에도 각지에서 계속 건설되고 있다. 현재 널리 알려진 영화보급시설은 영화관으로는 개선문 영화관, 낙원 영화관, 대동문 영화관, 평양국제영화회관이 있고 극장으로는 동평양 대극장, 만수대 예술극장, 봉화 예술극장, 조선인민군교예극장, 청년극장, 평양 대극장, 함흥 대극장이 있다. 문화 회관으로는 4·25문화회관, 국제문화회관, 만경대학생소년궁전, 인민문화궁전, 청년중앙회관, 평양학생소년궁전 그리고 행정단위마다 군중문화회관, 공장 및 생산현장의 노동자문화회관 등이 있다. 이러한 영화 상영시설에는 영화전문 상영관과 공연예술 전용관이면서 영화 상영도 가능한 극장이 있다.

이러한 영화보급은 관객의 관람으로 완성된다. 관객은 영화 상영에 참여하는 자발적인 관객집단이 아니라 영화보급일꾼들에 의해 강제화된 관람조직 집단이다. 이 때문에 영화를 관객의 대중교양사업으로 수단화한다. 즉 영화실효투쟁이 그것이다. '영화실효투쟁'이란 대중들이 영화 학습을 통해 배운 지식과 사상을 자기 사업 및 생활과 결부하여 분석·총화한 후 그것을 통해 교훈을 찾게 하는 데 있다. 그에 기초하여 새로운 투쟁의욕과 신심을 가지고 일에 달라붙게 하여 사업에서 기적과 혁신을 창조하게 하는 것이다. 이때 영화 학습이란 영화를 통한 사상정치학습이면서 영화 화면을 통한 기술문화학습이다. 그러므로 영화실효투쟁은 영화와 관련한 교육학적 과정으로 조직적, 체계적, 계획적인 사업이다.

이러한 영화의 제작에서 상영에 이르기까지 반드시 거쳐야 하는 것이 심의, 검열과정이다. 그 과정은 영화문학의 창작에서 영화시사회까지 전 과정을 거쳐야 한다. 이는 영화문학작품에 대한 문화예술부 심의위원회의 1차 검열과 연출, 촬영 장치 대본 등에 대한 촬영소심의위원회의 2차 검열, 러쉬 필름을 대상으로 한 문예부와 촬영소의 3차 공동 검열, 네가 필름(Nega Film)을 대상으로 한 중앙당 심의위원회의 4차 검열, 포지티브 프린트(Positive Print) 복사판을 대상으로 중앙당 영화부의 5차 검열로 이루어진다.

민족예술영화와 「아리랑」

민족예술영화

북한에서 민족예술영화의 발생 시기는 1922년에서 1925
년으로 본다. 이 시기에 연극과 결합하여 연쇄극을 이룬 영화
는 그 자체로 예술의 독립영역으로 성립된다. 예술로서의 독자
적인 영역을 확보한 영화는 첫 예술영화와 기록영화의 출연으
로 나타난다. 첫 예술영화는 1921년 「월하의 맹세」이며, 첫 기
록영화는 1922년 「조선의 아악」이다. 이를 시작으로 무성영화
는 1925년 주체혁명문학 예술의 역사적 전통으로 확립된 카프
의 창립과 1926년 나운규의 「아리랑」 직전에 이르기까지 매년
창작 작품이 증가했다. 이 시기에 창작, 제작된 무성영화에는

「춘향전(早川孤舟 연출)」「운영전(윤백남 대본, 연출)」「해의 비곡(왕필렬 연출)」「장화홍련전(박창현 대본, 연출)」「비련의 곡(早川孤舟 연출)」「신의 장(왕필렬 연출)」「흥부전(김조성 연출)」「개척자(이광수 장편소설, 이경손 연출)」「멍텅구리(이필우 연출)」「산재왕(이경손 각본, 연출)」「심청전(이경손 연출)」「쌍옥루 전·후편(이구영 연출)」「장한몽(이경손 연출)」「흑과 백(김택윤 연출)」 등이 있다. 고전소설을 각색한 영화가 주류를 이루고 있다는 점에서 이 시기는 북한에서 민족영화예술의 발생기라고 규정하고 있다.

「아리랑」

1926년 나운규의 「아리랑」은 민족예술영화의 분수령을 이루는 작품이다. 나운규가 대본을 쓰고 연출한 작품으로 자신을 비롯하여 남궁운, 신홍련, 이규설, 주인규 등이 배우로 출연한다. 이 작품은 '개와 고양이', '광인 최영진', '내 마음 어디에 두고', '그리운 사람끼리', '풍년놀이', '에필로그'라는 에피소드로 이루어져 있다.

이 작품은 일제의 식민지적 억압과 지주계급의 경제적 폭력에 의해 전문대학을 중퇴하고 미쳐버린 주인공 최영진이 자기 가정을 수탈하는 지주계급의 마름 일당을 살해하고 민요 아리랑을 부르면서 경찰에 잡혀간다는 내용이다. 이는 일제 식민지 아래 중농에서 소작농으로 전락한 최 노인 일가가 받는 지주계급의 약탈 및 폭력을 다루면서 민요 아리랑을 상징으로 민족의 한과 저항을 주제로 하고 있다. 이러한 내용을 담고 있는 작품의 예술적 성과와 한계를 북한영화계에서는 이렇게 평가하고 지적한다.

① 민족의 수난을 바탕으로 하여 민족의식을 심어주면서 일제에 대한 반항으로 승화시켰다.

② 민족의 정서적 감정을 담고 영화의 극적 구성을 박력 있게 전개해 나갔다.

③ 800명이라는 많은 인물을 등장시켜 영화의 예술적 폭을 넓혔다.

④ 주인공을 미친 사람으로 설정해 놓고 작가가 하고 싶은 말을 미친 사람의 입을 통하여 표출시키면서 주제를 돌출해 내는 형상수법을 썼다.

⑤ 대사들에 심도 있는 철학이 깔렸다.

⑥ 전래의 민요 아리랑을 주제가로 선택하고 이 옛 가락을 부를 때마다 정황이 새롭게 조성되면서 정점으로 향한 극의 흐름을 촉진했다.

⑦ 무성영화 자체의 결함과 제한성, 즉 변사가 영화의 전 과정에서 모든 것을 해설한다.

⑧ 작품 전체의 형상적 균형을 파괴하지는 않지만, 농촌 현실에 자연스럽게 밀착되지 못한 장면(윤현구가 마차를 타고 오는 장면이나 현구와 영희가 카투사의 이별에 관해 이야기하는 장면 등)이 있다.

이러한 성과와 한계의 근거로 「아리랑」은 1920년대와 1930년대 초 무성영화를 대표하는 뛰어난 작품의 하나로, 애국계몽운동에 이바지한 작품이며 처음으로 비판적 사실주의의 경지를 개척한 작품으로 자리매김하고 있다.

「아리랑」과 함께 동시기 비판적 사실주의에 속하는 영화에는 1926년 「풍운아(나운규 대본, 연출)」, 1927년 「뿔 빠진 황소(김창선 연출)」, 1928년 「사랑을 찾아서(나운규 대본, 연출)」 「암로(강호 대본, 연출)」 「유랑(김영팔 대본, 김유영 연출)」 등이 있다.

다부작 영화와 「조선의 별」

혁명적 대작과 다부작 영화

북한 연극사의 전환점이 된 「피바다」는 1971년 피바다가극단에 의해 혁명가극으로 공연되기 전인 1969년 조선영화촬영소에서 광폭예술영화로 제작된다. 혁명가극과 혁명연극이 주류를 이루던 1967년 이후, 김일성 유일 지배체제 시기에 이들의 영화화가 이루어진다. 김일성의 유일사상체계를 토대로 형상화된 수령형상영화들은 이른바 '불후의 고전적 명작'들로 평가되어 영화로 옮기는 사업으로 계속된다. 1969년 「피바다(2부작)」는 백두산창작단의 집체작을 각색하고, 최익규의 연출에 의해 제작된 혁명연극을 영화화한 최초의 작품이다. 1972년 「꽃 파는 처녀」는 집체작으로 각색하여 제작한 총천연색영화이다. 같은 해 제작된 「안중근, 이등박문을 쏘다」 역시 동명의 연극을 집체작으로 각색하여 엄길선의 연출에 의해 제작된 영화이다. 이런 불후의 고전적 명작들을 영화로 옮기고자 하는 이유는 다음과 같다.

① 수령형상영화의 전통을 확립한다.
② 북한영화예술의 혁명적 전통을 확립한다.
③ 영화예술분야에서 주체사실주의 문학예술의 본보기로 삼는다.

수령형상영화는 북한에서 가장 중요하고 전통적인 장르이다. 이는 1955년 「김일성 원수의 항일유격전적지」라는 기록영화에서 시작된다. 이어 항일빨치산 투쟁을 했던 실제 혁명가들에 대한 실화를 바탕으로 만든 영화로 황해남도 당 일꾼협의회의 여성 전필녀를 모델로 한 「금녀의 운명(1962)」과 북한 부주석을 지낸 임춘추의 빨치산투쟁을 그린 「청년 전위(1965)」 등이 제작된다. 이러한 주제의 한 영화들은 그 투쟁과정에서 김일성의 영도를 받고, 그 아래에서 투쟁한다는 내용을 전제로 하므로 주체시기에 수령형상영화로 형상화된다.

또한 수령형상영화는 항일혁명 전통이라는 주제를 중심으로 다부작 영화로 제작되는 혁명적 대작이다. '다부작 영화'란 2부 이상으로 이루어진 작품을 말한다. 다부작 영화 창작의 핵

심은 단순히 이야기의 연속적 결합이 아니라 오랜 기간에 걸쳐 인물의 성장 과정과 생활의 발전을 폭넓게 보여주는 것이다. 인물의 성장 과정이란 인물의 혁명적 세계관이 정립되어 가는 과정이고, 생활의 발전이란 혁명적 사상내용을 폭넓게 보여줄 수 있는 역사적 시기의 발전과정이다. 이를 통해 다부작 영화는 전체적인 주제를 일관성 있게 형상화하면서 각 부는 상대적으로 독자성을 가진 하나의 완결된 작품으로 만들어야 한다. 이러한 다부작 영화는 김일성을 중심으로 김책, 안길, 강건, 최춘국, 조정철, 오중흡 등 항일빨치산 투쟁 활동을 개인별 연대기나 전기가 아닌 집단적 영웅으로 형상화하여 담을 수 있는 혁명적 대작 영화가 된다. 혁명적 대작 영화는 항일빨치산의 투쟁생활에 관한 사실 자료를 바탕으로 만들어야 하므로 김일성을 비롯한 항일빨치산들의 실제 증언을 먼저 소설이나 희곡 혹은 연극 등으로 창작하고, 이어서 영화문학으로 창작한 후 영화로 제작해야 하는 과정을 거친다. 이런 의미에서 혁명적 대작 영화는 다부작 장편영화로 만들어야 한다.

빨치산투쟁영화의 가장 대표적인 작품은 오중흡의 항일빨치산 투쟁을 그린 영화 「유격대의 오형제(1968~1969)」를 들 수 있다. 이 영화는 수령형상영화의 첫 출발이 되는 영화이다.

「조선의 별」과 「민족의 태양」

주체시기에 제작된 대표적인 수령형상영화는 「조선의 별」이다. 「조선의 별(1980~1987)」은 1920년대 말부터 1930년대 초를 배경으로 김일성이 조선혁명 과정에서 조선인민혁명군을 창건하여 항일투쟁을 하면서 반일 통일전선을 결성하기까지의 과정을 그린 10부작 영화이다.

제1~3부 「조선의 별(1980~1981)」은 1920년대 말에서 1930년대 초 김일성이 민족주의운동과 초기 공산주의역사에 종지부를 찍고 조선혁명의 새 기원을 열어놓기까지의 영도를 다루고 있다. 제1부는 국내 공산주의자 출신인 김혁이 만주에서 김일성을 만나 그 감동으로 「조선의 별」이라는 노래를 짓는다. 제2부는 김혁이 항일투쟁과정에서 목숨을 잃는다. 제3부는 김일성의 지도로 청년 공산주의자들이 생성된다.

제4부 「잊을 수 없는 여름(1982)」은 김일성이 일본 관동군을 상대로 싸우는 용감성과 인간미를 그려낸다.

제5부 「눈보라(1982)」는 일본군의 만주 침략에 맞서 싸우는 김일성 부대의 위용을 그려낸다.

예술영화 「조선의 별」

제6부 「불타는 봄(1982)」은 항일투쟁을 위해 조선 공산당이 중국 국민군과 합작을 시도하는 가운데 김일성이 반일인민

유격대를 창건하여 항일투쟁을 선포하는 과정을 그려내고 있다.

제7부 「남만에서(1983)」는 일본의 와해공작으로 중국군과의 연합전선이 결렬되지만, 김일성의 항일유격대는 남만으로 진출하여 승리한다는 것을 그려내고 있다.

제8부 「저물어가는 1932(1984)」는 일본의 공세에 대항하여 김일성을 믿고 따르다 장렬하게 전사하는 부하들의 충성심과 의리를 그려낸다.

제9부 「로흑산의 전설(1985)」은 김일성의 항일유격대가 로흑산 지구에 진출했다가 일본군의 추격에도 적진을 뚫고 되돌아오는 과정을 그려낸다.

제10부 「불타는 근거리(1987)」는 김일성이 소왕산 유격근거지를 굳건하게 세우고 유격대와 인민들을 일치단결시켜 국내에서도 항일투쟁을 공작하는 것을 그려낸다.

이러한 내용을 담고 있는 10부작 영화 「조선의 별」은 노동계급의 수령형상문학 예술발전에서 위대한 이정표로, 영화문학은 수령형상 문학이 거둔 가장 빛나는 성과이면서 1980년대 문학의 새로운 발전 면모를 보여주는 본질적인 특징으로 평가받고 있다.

「민족의 태양(1987~1990, 5부작)」은 「조선의 별」의 속편으로 제작된 영화이다.

제1부 「준엄한 시련」은 일본 첩자의 조직을 찾아내고 처벌하는 투쟁 과정에서 김일성의 인격과 결단성을 백인준의 시나리

오, 엄길선의 연출에 의해 제작된 것이다.

제2부 「대하와 거품」은 김일성을 음해하려는 국내 공산주의자들의 투쟁과 활동 및 이에 대비되는 김일성에 대한 만주국 장군들의 존경심을 역시 백인준의 시나리오, 엄길선의 연출로 제작된 것이다.

제3부 「광복의 봄」은 김일성의 지휘로 국내 공작을 통해 조국 광복회를 창립하는 활동상을 김희봉의 시나리오, 박창성의 연출로 제작된 것이다.

제4부 「백두밀영」은 김일성이 밀영지 확보 투쟁을 통해 유격 근거지를 마련하고 공산주의에 반대하는 사람들을 설득하여 감화시키는 과정을 김희봉의 시나리오, 박창성의 연출을 통해 제작된 것이다.

제5부 「백두밀영」은 김일성이 부대원들이 국내에 잠입하여 탄광에서 조직을 건설하는 과정과 김일성에 대한 존경심을 백인준의 시나리오, 이계준의 연출로 제작된 것이다.

혁명적 대작 및 다부작 영화의 정치사회적 문맥

'혁명적 대작'이란 어떤 특수한 형식이나 형태가 있는 것이 아니다. 즉, 형식의 문제가 아니라 내용의 문제인 당의 혁명적 전통을 주제로 한 대작이다. 그 대작의 주제와 창작조건은 다음과 같다.

① 개별적인 사람들의 전기나 연대기를 지양하면서 항일혁명 투사들의 혁명 활동을 집단으로 다루는 작품을 창작한다.

② 조국해방전쟁을 주제로 한 작품을 창작한다.

③ 사회주의 건설을 주제로 한 작품을 창작한다.

④ 남조선혁명을 주제로 한 작품을 창작한다.

⑤ 수정주의와 예술지상주의를 반대하는 작품을 창작한다.

아울러 주제별 창작 비율은 사회주의 건설과 혁명투쟁을 '5대 5'로 하되, 혁명투쟁의 '5'는 남반부의 투쟁을 '1'로, 북반부의 투쟁을 '4'로 할 것을 구체화하고 있다. 이러한 혁명적 대작은 궁극적으로는 혁명전통 교양과 공산주의 교양, 계급교양에 이바지해야 하므로 다부작의 장편영화로 만들어져야 한다.

이러한 작품의 주제와 창작 방향의 제시는 혁명적 문학예술의 지침이 된다. 그 지침은 대내적으로는 김일성의 지배체제를 강화하고 대외적으로는 수정주의로부터 체제를 보존, 유지하기 위해서였다. 그 결과 이

예술영화 「화성 의숙에서의 한해 여름」

시기 혁명적 대작 영화는 김일성을 중심으로 한 항일빨치산들의 집단적 영웅주의를 형상화하면서 혁명적 낙관주의와 노동계급의 공산주의적 풍모, 사회주의적 애국주의 그리고 반미구국투쟁과 조국통일을 주제로 한 작품들이 경우에 따라 다부작으로도 제작된다. 이 시기 혁명적 대작 영화는 공산주의 체제의 강화를 시대 사명으로 삼고자 한 것이며, 혁명적 대작의 다부작 영화는 김일성을 중심으로 한 항일빨치산들의 집단적 영웅주의 영화로서 김일성의 유일 체제를 형상화하는 수령형상 영화로 나아가는 토대가 된다.

정탐물 영화와 가족영화

정탐물 영화

수령형상영화와 함께 이 시기에 발생한 새로운 영화 장르는 정탐물 영화이다. 정탐물 영화는 6·25전쟁을 주제로 한 영화의 또 다른 이름이다. 「전사의 맹세(1968, 제1, 2부작)」 「적후의 진달래(1970)」 「작전문건(1970)」 「영원한 전사(1972)」 등이 있다.

「적후의 진달래」는 여성첩보원들의 활약을 통해 남한사회의 부패상 및 미국의 압제, 그리고 사회주의의 승리를 형상화한 영화이다.

「한 간호사에 대한 이야기」는 일시적 전략적 후퇴시기에 한 인민군 여전사의 투쟁 실기를 다룬 영화로, 혁명가극 「당의 참

된 딸」로 형상화
된 작품이다.

「영원한 전사」
는 김일성의 명령
에 따라 유격대원
이 고향마을 조직
을 복구하는 과정
을 그린 것으로 김
일성과 당, 대중

예술영화「기다리는 아들」

간의 사회·정치적 생명체를 주제로 한 정탐물 영화이다.

「이름없는 영웅들(1979~1981)」은 류호선 및 고학림의 시나리
오에 기초하여 제작된 20부작 영화이다. 이는 6·25전쟁을 둘
러싸고 북한이 미국, 영국 등과 첩보전을 벌이는 것을 기본 줄
거리로 삼고 있다. 1952년 한국 주재 기자 유림은 서울에서 대
미 첩보활동을 한다. 미군 첩보대장 클라우스가 집요한 추적을
하지만 유림은 동지의 희생을 치르면서도 공작을 수행한다. 유
림은 공작원 순희를 만나 함께 공작을 수행하면서 미국의 새로
운 전쟁 공세계획을 밝혀내고 대응책을 마련한다. 유림은 공세
계획이 새어나간 것을 의심하는 미군들의 대응 속에서 저격을
당하지만 끝까지 공작을 수행한다. 유림 및 순희와 그의 동지
들은 미군 첩보대장 클라우스의 집요한 추적과 음모에도 결국
그 공세의 전략적 비밀을 캐낸다. 유림의 활약으로 북한은 전
쟁에서 승리하고 클라우스는 자살한다. 이러한 내용으로 된 작

품은 김정일의 '예술영화 「이름없는 영웅들」을 정탐물 영화의 대표작으로 만드는 것에 대하여(1975.10.22)'에서와 같이 정탐물 영화의 대표작이면서 북한 전쟁영화의 최고작품이다. 물론 이러한 정탐물 영화도 김일성주의를 근본으로 하여 6·25전쟁을 주제로 다루고 있다.

가족영화 「우리 집 문제」 및 「다시 시작한 우리 집 문제」 시리즈

수령형상 영화에서 김일성주의를 이어받으며 이 시기에 등장한 새로운 영화는 일반 주민의 일상생활을 소재로 삼고 있는 가족영화이다.

이러한 가족영화는 「우리 집 문제」로 시작하여 그 속편 영화들 「우리 누이 집 문제」 「우리 옆집 문제」 「우리 윗집 문제」 「우리 아랫집 문제」 「우리 사돈집 문제」 「우리 처가 문제」 「우리 큰 집 문제」 「우리 작은 집 문제」 「우리는 모두 한 가정」으로

「우리는 모두 한 가정(좌)」과 「우리 삼촌집 문제(우)」

1982년까지 총 10부작 시리즈로 제작된다. 이어 1986년부터 「다시 시작한 우리 집 문제」가 제작되면서 그 후속편과 함께 개별 가족구성원을 중심으로 하는 가족영화가 제작되는데 「아들들」을 시작으로 「어머니의 마음」 「나의 행복」 「아버지의 마음」 「나의 어머니」 「노래 속에 꽃피는 가정」 「효녀」에 이른다. 이러한 가족영화는 다시 1994년 「어머니는 포수였다」를 후속으로 「청춘이여」 「나의 아버지」 「해운동의 두 가정」을 거쳐 2000년 「나의 가정」이 제작된다.

「해운동의 두 가정」

이러한 가족영화들 가운데 「해운동의 두 가정(1996)」은 다른 작품들이 한 가정사를 다루는 것과는 달리 두 가정 간의 대조와 대비를 통해 가정사의 문제를 보여주는 영화이다. 내용은 다음과 같다.

봄이네 아파트에 용접분야 박사와 가수가 부부인 별이네 가족이 이사를 온다. 마을 사람들이 모두 이사를 도와주는데 별이네 남편은 그 자리에 없고 직장에 있다. 봄이네 가정은 과학기술분야 박사와 특허발명품 소개 강사가 부부이다. 봄이 아버지는 박사가 된 후부터 직장생활을 소홀히 하고 가정생활을 더 중요시한다. 별이 엄마가 봄이네 집으로 초대를 받아 봄이 엄마와 이야기를 나누기 시작하면서 별이네 부부는 갈등을 일으키기 시작한다. 별이 엄마는 봄이 아빠와는 달리 별이 아빠가 일

밖에 모른다고 불평을 한다. 봄이 아빠는 용접봉 개발을 이야기하면서 과학원으로부터 대출한 책을 공장지배인에게 오히려 되돌려준다. 용접봉을 개발하고 있던 별이 아빠는 공장지배인으로부터 그 책을 받아 참고자료로 삼고 개발에 박차를 가한다. 그 무렵 별이 엄마는 지방공연을 가면서 별이 아빠에게 자기들 부부관계에 대한 회의적인 메모를 남긴다. 별이 아빠가 용접봉 개발에 더욱더 힘쓰게 되자 주위 사람들이 별이를 돌봐준다. 봄이 엄마는 별이 엄마와는 달리 가정생활보다는 조국을 위하여 헌신하는 별이 아빠를 더 존경하게 된다. 봄이 엄마는 봄이 아빠에게 박사 학위를 받기 이전처럼 사회에 헌신적인 모습으로 되돌아가자고 하지만 봄이 아빠는 옛날 이야기를 그만하라며 뿌리친다. 별이 엄마는 지방공연을 마치고 돌아온 후 인민반장과 봄이 엄마로부터 행복한 여성이라는 말을 듣는다. 이때부터 가정생활을 중시하는 봄이 아빠와 사회 헌신을 요구하는 봄이 엄마 사이에도 갈등이 시작된다. 실패 끝에 결국 별이 아빠는 새로운 용접봉 개발에 성공한다. 발명품 전시회에서 봄이 엄마가 발명품을 소개하자 그 영광을 별이 엄마가 받게 된다. 별이 엄마는 축하 꽃다발을 들고 공장을 찾아가서는 책상 위에 잠든 별이 아빠를 보면서 만족스러워한다. 전시장에 뒤늦게 나타난 봄이 아빠는 자신의 생활태도를 반성하면서 사회에 헌신하겠다는 각오를 다진다. 따라서 이 영화작품은 별이네와 봄이네 두 가정에서 일어난 개인적 사생활과 사회적 헌신 문제를 대조시켜가며 다룬 작품이다.

가족영화의 정치사회적 문맥

가족영화 「우리 집 문제」와 그 속편 및 후속편들은 공통으로 온 사회의 주체 사상화를 위한 가정 혁명화 문제를 다루고 있는데 이는 사회변화에 따라 발생하는 가족구성원들 간의 세대갈등 문제이다. 북한에서 사회변화는 1953년 종전을 기준으로 사회주의건설시기 이전과 이후로 나누어지는데, 이 갈등은 사회주의건설을 경험한 세대와 경험하지 못한 세대 간의 갈등을 말한다. 그 갈등의 원인은 직업문제 및 결혼문제를 중심으로 한 일상생활사이며 해결방식은 신세대가 구세대가 겪었던 현실적인 삶의 경험을 수락하는 것이다. 이러한 갈등의 원인과 해결방식에서 본다면 가족영화 「우리 집 문제」 시리즈는 구세대의 가부장적 질서 수락을 주제로 하여 기존 사회의 지배 이데올로기를 강화하는 것이다. 이는 김정일이 김일성의 정치적 지위와 역할을 그대로 이어받는 것을 수락함으로써 김정일 후계체제의 정당화를 강화하는 것이다.

개별 가족구성원을 중심으로 하는 가족영화도 공통으로 온 사회의 주체 사상화를 위한 가정 혁명화 문제를 다루고 있는데 「아들들(1986)」 「어머니의 마음(1986)」 「나의 행복(1988)」 「아버지의 마음(1989)」 「나의 어머니(1990)」 「효녀(1991)」 등이 그것이다. 이러한 영화들은 가족구성원들 간의 갈등문제를 대상으로 가정 혁명화를 다루고 있는 「우리 집 문제」 시리즈와는 달리 결손가정을 대상으로 수령과 당에 대한 충성심을 다루고 있다.

예술영화「병사를 사랑하라」

그 결손가정은 항일혁명투쟁기에서 아들의 전사, 조국해방전쟁에서 아들의 전사, 미제의 해안 도발로 말미암은 남편의 전사, 징용 간 아버지의 죽음 탓에 고아원에서 자라난 고아, 가난으로 민며느리로 팔려 간 여성 등과 같이 사회적·역사적 원인에 의해 가장을 잃은 여성으로 이루어져 있다. 이러한 여성들은 공화국영웅칭호를 받거나 최고인민회의대의원, 혁명의 충복이 되어 수령을 어버이로 삼아 온 나라를 하나의 대 가정으로 이루면서 살아간다. 결손가정을 소재로 한 이러한 가족영화는 김일성 수령을 어버이로 삼아 수령과 당 및 일반 인민 대중들을 '사회주의 대 가정'으로 형상화하여 일반 주민에게 서로 운명공동체로 받아들이게 하는 것이 목적이다.

다부작 「민족과 운명」과 가벼운 장르 영화

조선민족제일주의

김일성 유일 지배체제에 이어 김정일이 1991년 조선인민군 최고사령관으로 추대되고, 1994년 7월 김일성의 사망을 계기로 유훈 통치기를 거쳐 1997년 10월 당 총비서와 1998년 9월 국방위원장으로서 국가수반이 되어 현재에 이르는 시기까지 가장 중요한 사상은 '조선민족제일주의'이다. 이 시기는 김정일이 주체문학 예술이론을 완성하여 주체사실주의를 공식화하고 완성함으로써 사회주의 체제의 강화와 함께 문학예술의 새로운 전환을 일으킨 시기이다.

이 시기에서 가장 중요한 정치·사회적 문제는 김일성의 유일 지배체제에 이어 등장한 김정일 체제를 모색하여 확립하는 것이다. 이에 맞추어 김정일은 '무용예술론(1990.9.13)', '미술론(1991.10.16)', '음악예술론(1991.7.17)', '건축예술론(1991.10.23)', '주체문학론(1992.1.20)' 등 일련의 주체문학 예술이론을 만들어 주체사실주의를 공식화하고 완성하여 주체문학 예술의 새로운 전기를 마련할 것을 제안한다. 그 제안은 1992년 5월 23일 문학 예술부문 일꾼과 창작가, 예술인들과 한 담화에서 김정일은 '다부작 예술영화 「민족과 운명」의 창작성과에 토대하여 문학예술 건설에서 새로운 전환을 일으키자'고 말함으로써 조선민족제일주의로 구체화한다.

그전 시기인 1986년 7월 김정일이 당 중앙위원회 책임 일꾼들 앞에서 한 연설인 '주체사상에서 제기되는 몇 가지 문제에 대하여'에서 강조한 것은 주체사상의 실천이론으로 조선민족제일주의이다. 이어 1989년 12월 28일 당 중앙위원회 책임 일꾼들에게 한 연설 '조선민족제일주의 정신을 높이 발양시키자'에서는 조선민족제일주의를 조선 민족의 긍지와 자부심으로 정의하여 문학예술 창작의 기본 이론으로 삼고 있다. 이러한 과정을 거쳐 인민 대중 가요 「내 나라 제일로 좋아(1991)」를 예술영화 「민족과 운명」으로 제작할 것을 지시하여 1992년 「민족과 운명」 창작 국가준비위원회가 구성된다. 조선민족제일주의는 '우리 수령이 제일이고 우리 당이 제일이고 우리 인민이 제일이고 우리 사회가 제일'이라는 정신으로 이데올로기화된다.

조선민족제일주의의 이데올로기화는 동시대 사회주의의 위

기와 관련된다. 1991년 김일성은 「로동신문」에 발표한 신년사에서 사회주의체제를 강화하고 발전시켜 완전한 승리를 쟁취하자고 역설한다. 사회주의체제의 강화 발전은 1990년 소련을 비롯한 동구 사회주의의 몰락을 뜻하는 '사회주의 위기' 혹은 '제국주의자들의 반공화국, 반사회주의 소동'에 대응하여 유일사상체계와 후계체계를 더욱더 강화하기 위한 것이다.

이에 김정일은 "오늘 제국주의자들이 사회주의제도를 내부로부터 와해시키려고 더욱 악랄하게 책동하며 사회주의를 건설하던 일부 나라들에서 혁명에 대한 신심을 잃고 사회주의를 자본주의로 되돌려 세우고 있는 조건에서 더욱 절실하게 제기되는 것"으로 조선민족제일주의 정신을 강조하고 있다.

조선민족제일주의를 바탕으로 한 문학예술 건설에서 새로운 전환이란 주제 사실주의로부터의 전환이 아니라 오히려 그것을 더욱 견고히 하기 위해 문학예술가들의 구태의연한 창작 태도와 자세를 비판한 것이다. 그 비판은 1990년대 혁명 문학 예술 작품의 창작 양이 이전 시기보다 상대적으로 적어질 뿐만 아니라, 1994년 7월 김일성의 사망을 계기로 하여 5년간 진행되었던 유훈 통치기 기간 속에서도 작품 창작의 양이 훨씬 감소했다는 데 있다. 이에 문학예술 건설의 새로운 전환은 주체사실주의에 입각한 작품의 지속적인 창작을 뜻하는 것이다.

따라서 조선민족제일주의는 정치·사회적으로는 국제 사회주의의 해체에 대한 북한사회의 통제이데올로기로, 문화 예술적으로는 주체사실주의의 완성 덕분에 오히려 소멸해가는 혁명

문학 예술의 새로운 창작과 통제의 이데올로기로 대두한 것이
다.

다부작 「민족과 운명」

영화 「민족과 운명」은 주체사실주의에 토대를 둔 조선민족제
일주의를 실천한 첫 번째 문학예술 작품이다. 이 영화에 토대
를 두어 조선민족제일주의가 실현된 것은 인민 대중 가요 「내
나라 제일로 좋아(1991)」인데 가사의 전문을 소개하면 다음과
같다.

이국의 들가에 피어난 꽃도 내 나라 꽃 보다 곱지 못했소
돌아보면 세상은 넓고 넓어도 내 사는 내 나라 제일로 좋아
랄라랄라 랄라라 랄라랄라라 내 사는 내 나라 제일로 좋아

벗들이 부어준 한 모금 물도 내 고향 샘처럼 달지 못했소
돌아보면 세상은 넓고 넓어도 내 사는 내 나라 제일로 좋아
랄라랄라 랄라라 랄라랄라라 내 사는 내 나라 제일로 좋아

노래도 아리랑 곡조가 좋아 멀리서도 정답게 불러보았소
돌아보면 세상은 넓고 넓어도 내 사는 내 나라 제일로 좋아
랄라랄라 랄라라 랄라랄라라 내 사는 내 나라 제일로 좋아

해와 별 비치여 밝고 정든 곳 내 다시 안길 땐 절을 하였소

돌아보면 세상은 넓고 넓어도 내 사는 내 나라 제일로 좋아

랄라랄라 랄라라 랄라랄라라 내 사는 내 나라 제일로 좋아

「민족과 운명」은 '내가 사는 내 나라가 제일 좋아'라는 주제로 7부작으로 첫 기획, 제작되었는데 현재까지 계속되고 있다. 그 짜임을 살펴보면 다음과 같다.

부수	제목	모델 인물
제1~4부	최현덕 편	최덕신
제5부, 제14~16부	윤상민 편	윤이상
제6~7부	차홍기 편	최홍희
제8~10부	홍영자 편	최홍희
제11~13부	리정모 편	이인모
제17~18부	허정숙 편	허정숙
제19~24부	귀화한 일본여성 편	귀화한 일본여성
제25~33부, 제43~44부	노동계급 편	강선제강소 노동자
제34~42부	카프작가 편	카프작가
제45~47부, 제53~55부	최현 편	최현
제48~58부, 제61~부	어제, 오늘 그리고 내일	
제59~60부	농민 편	

제1~7부까지는 최덕신을 모델로 한 최현덕 편, 윤이상을 모델로 한 윤상민 편, 최홍희를 모델로 한 차홍기 편이다. 최덕신, 윤이상, 최홍희는 외국에서 남한의 반정부 활동을 하다 북한 권력층이 되거나 친북단체 활동을 한 인물들이다. 이러한 인물들을 주인공으로 설정하여 제1~7부까지는 북한 사회주의제도의 우월성을 남한 자본주의체제의 열등성과 대비하여 그려내고 있다.

제8~10부는 제6~7부 차홍기 편에 이어서 홍영자 편으로 제작된다. 차홍기 편의 속편이라고 할 수 홍영자 편은 실재 인물을 모델로 한 것이 아니라 허구적 인물이다. 허구적 인물 홍영자를 남한의 부패를 상징하는 정치적 매춘부로 설정하여 박정희에서 전두환으로 이어지는 한국 현대정치사의 부패를 보여주면서 반동적인 인물도 북한식 사회주의제도 아래서는 새로운 삶의 가능성이 있음을 그려내고 있다.

제11~13부는 이인모를 모델로 한 리정모 편으로 전 조선인민군 종군기자인 비전향 장기수 이인모의 일대기로 제작되었다.

제14~16부는 윤이상을 모델로 한 제5부 윤상민 편에 이어 제작된다. 제5부에서 다루고 있는 동백림간첩단 사건 이후 남한의 끈질긴 공작에도 북한에서 예술가로서 이상적인 삶을 살아간다는 내용을 그리고 있다.

제11~13부 리정모 편과 제14~16부 윤상민 편은 공통으로 북한 사회주의제도의 우월성을 보여주면서 그 우월성이 수령 김일성과 지도자 김정일에 의해서 이루어지고 있음을 강조하고 있다.

제17~18부는 허정숙을 모델로 한 허정순 편이다. 허정숙은 실재 인물로 항일무장혁명시기부터 1991년 사망에 이르기까지 북한 권력층의 핵심 인물이다. 허정순 편은 북한 권력층을 모델로 하여 김일성의 혁명적 수령관을 실천하는 모습을 그려내고 있다.

제19~24부는 귀화한 일본인 여성 편으로 기획·제작된다. 작품은 임은정(일본명-이즈미 기요시)과 딸 아카마 유키코라는 허구적 인물을 설정하여 사회주의 조국 북한이 인민의 낙원이며, 그 낙원이 김정일의 은혜임을 그려내고 있다.

제25~33부와 제43~44부는 천리마운동의 효시가 된 강선제강소의 노동자들을 모델로 한 노동계급 편이다. 강선제강소 노동자 강태관을 허구적 인물로 설정하여 김일성에 대한 충성을 바탕으로 한 노동계급의 혁명화 주제를 그리고 있다.

제34~42부는 북한 항일혁명문학 예술의 역사적 전통인 카프를 모델로 한 카프 작가 편이다. 카프 시인 이찬을 주인공으로 설정하고 실제 카프 계열 작가들을 중심으로 카프의 결성에서 월북을 거쳐 6·25전쟁에 이르기까지의 과정을 보여주고 있다. 그 과정을 통해 김일성과 당이 예술가들의 참된 삶과 행복의 터전임을 그려내고 있다.

제45~47부와 제53~55부는 실재 인물 최현의 일대기를 그린 최현 편이다. 김일성에게 충성을 다 바친 항일혁명투자 최현의 일대기를 그림으로써 김일성주의가 민족의 운명을 담보하는 체제임을 보여주고 있다.

제48~52부와 제61부 이후는 「어제 오늘 그리고 내일」편이다. 현재 계속 제작되고 있는 이편은 전편들과는 달리 북한주민의 일상생활을 개인의 과거사 반성을 통해 사회주의의 낙천적 미래로 나아갈 수 있다는 주제를 형상화하고 있다.

제48부는 「어제 오늘 그리고 내일」의 제1편인데 애국과 반역이 혁명적 신념을 지키는지 못 지키는지에 따라 결정된다는 주제를 형상화하고 있다.

제53~54부는 「어제 오늘 그리고 내일」의 제2~3편인데 6·25전쟁 시기 혁명적 신념문제를 중심으로 애국자와 반역자가 나타나는 과정을 주제로 하고 있다.

제55부는 「어제 오늘 그리고 내일」의 제4편인데 김일성과 조국에 대한 끝없는 충성심이 참된 행복임을 주제로 하고 있다.

제56부는 「어제 오늘 그리고 내일」의 제5편으로 혁명가의 절대적 신념은 혈육 사이에도 양보할 수 없다는 것을 주제로 하고 있다.

제57~58부는 「어제 오늘 그리고 내일」의 제6~7편으로 계급투쟁은 과거에서 현재까지 지속하는 것으로써 계급적 원칙을 지켜야 한다는 것을 주제로 하고 있다.

제59~60부는 노동계급 편(제25~33부와 제43~44부)의 주제와 함께 농민계급 혁명화 주제를 그려내고 있다.

제61부는 「어제 오늘 그리고 내일」의 제8편으로 인민의 참된 삶과 행복은 '우리식 사회주의제도'를 수호하는 것에 있음을 주제로 하고 있다.

지금까지 살펴본 바와 같이 「민족과 운명」은 항일혁명투사, 노동계급, 농민계급 등 북한사회의 지배세력과 그 추종세력을 이루는 특정집단과 그 구성원, 월북하거나 친북적인 인물, 남한의 반정부 인물들을 주 인물로 하여 북한식 사회주의제도의 우월성과 남한, 미국, 일본 등 자본주의 사회의 열등성을 대비해 보여주고, 반동 인물의 과거사 반성을 통해 김일성과 김정일의 영도 아래서 인민의 낙원으로 나아갈 수 있음을 그려내고 있다. 즉 「민족과 운명」은 북한사회의 통제이데올로기로 조선민족제일주의를 통해 일반 주민에게 사회주의제도가 인민의 낙원임을 훈육하고자 한다. 이에 「민족과 운명」을 북한에서는 김정일의 주체관, 혁명적 수령관과 혁명관, 주체의 인생관과 혁명적 낙관주의, 주체의 문예관과 미학관, 현 북한 체제의 모든 부분이 구현된 1990년대 북한문화를 공식적으로 대표하는 작품으로 평가하고 있다.

가족영화와 정치사회적 문맥

이 시기에도 가족영화의 제작은 계속된다. 가족영화에는 「대동강에서 만난 사람들(1993, 2부작)」 「청춘이여(1995)」 「해운동의 두 가정(1996)」 「나의 가정(1900)」 「숲 속의 갈림길(1990)」 「도시

처녀 시집와요(1993)」「내가 사랑하는 처녀(1995)」「우리는 청춘
(1995)」 등이 있다.

「대동강에서 만난 사람들」은, 김세륜·장광남의 시나리오, 김
길인·이경진의 연출(제1부), 이희찬·박창수의 시나리오, 김길인
·김길하의 연출(제2부)로 제작된 2부작 영화이다. 내용은 이렇
다.

대동강 여객선의 공훈 선장 강선달은 승객들이 모두 한가족
이라는 생각으로 평생을 대동강에서 보낸 사람이다. 강선달의
큰아들은 대동강 건설사업소 지배인으로 서해 갑문 노력동원
에서 생명을 바친 수철의 홀어머니를 자기 집으로 모시는 문제
에 대해 가족회의를 연다. 강선달의 자식들은 강선달과 수철어
머니를 아예 재혼시키자고 결정하여 양쪽의 의중을 떠보지만
당사자들은 거절한다. 강선달은 재혼하기를 원하지 않는다는
말로, 수철 어머니는 이미 마음에 둔 사람이 있다고 말하여 서
로 상봉조차 하지 않는다. 수철 어머니는 통일거리 건설장 지
원물자를 가지고 대동강 여객선을 탄다. 강선달과 수철어머니
는 여객선 갑판에서 벌어진 노래잔치에서 서로 호감을 느낀다.
강선달은 통일거리 건설장의 노력동원을 지원하고 수철 어머니
와 함께 극장을 가기도 하면서 정을 쌓는다. 한편 모래 채취선
선장 동찬과 물스키를 타는 혜영은 서로 사랑하지만, 그녀의
집에서 반대하여 고민한다. 강선달은 동찬의 큰아버지 역할을
하여 혜영과 이모인 수철 어머니를 자기 집으로 초대한다. 수철
어머니는 강선달의 큰아들이 권유한 재혼상대자가 강선달임을

알고는 놀라서 그 집을 뛰쳐나온다. 강선달은 동찬과 혜영의 사랑을 이루어주기 위해 그녀의 부모님을 방문하려고 한다. 강선달은 약속시각에 늦은 동생을 남겨두고 제수씨와 함께 혜영의 부모님을 만난다. 동생은 뒤늦게 따라가서 혜영의 이모인 수철 어머니를 만나 강선달이 동찬의 큰아버지가 아님을 밝힌다. 강선달은 제수씨와 함께 혜영의 부모를 설득할 작전을 세우는 가운데 혜영의 부모는 그 두 사람이 결혼할 사이라고 오해한다. 동찬과 혜영은 강선달이 큰아버지가 아님을 밝히려 그녀의 집으로 온다. 혜영의 부모는 동찬을 보고는 혜영과의 결혼을 허락하기로 한다. 그 모임에 아들 부부도 함께 나타나서 강선달과 제수씨 간의 관계에 대한 오해가 풀린다. 혜영 이모인 수철 어머니는 오해를 풀고 강선달과 재혼하기로 한다.

이러한 줄거리에서 본다면 이 작품은 자식들이 홀로된 아버지와 역시 홀로된 여인과의 재혼을 이루게 한다는 것으로 가족영화 가운데 재혼문제를 다룬 주목할 만한 작품이다.

「청춘이여」는 이일철의 시나리오, 전종팔의 연출에 의해 제작된 영화로 북한 가정 내부에 있는 남녀에 관한 고정 관념 문제를 다룬 것이다. 내용은 이렇다.

아버지는 신문사 체육기자이고 어머니는 유원지 책임지도원, 고구려 무예사를 연구하는 큰아들 준 박사와 다섯 딸들(큰딸은 축구선수, 둘째 딸은 역도선수, 셋째 딸은 농구선수, 넷째 딸은 예술 체조선수, 막내는 수영선수)이 모인 가정에서 직면하고 있는 가장 큰 문제는 큰아들의 결혼이다. 어머니와 큰아들은 체육선수를 며느리로 얻지 않겠다며 다섯 딸이 가져온 며느리 후보의 사진을 모두 체육선수라고 거절한다. 아버지는 다섯 딸이 청춘 거리에서 활약하는 모습을 보여주면서 어머니를 설득하려고 하지만 어머니와 큰아들에게 거절당한다. 큰아들은 고구려 무예를 연구하기 위해 대학습당에 가서는 태권도선수 은경을 수예사로 잘못 알고 가까워진다. 이런 소식을 듣고 어머니가 수예사 처녀를 며느리로 삼겠다고 하자 은경은 큰아들과 이루어질 수 없는 관계임을 알고는 더 이상 만남을 거절한다. 큰아들은 은경이 태권도선수임을 알고 나서도 수령과 조국을 위한 열정에 감명을 받아 은경에게 만나 달라고 요구한다. 은경은 태권도선수권 대회에서 우승한 후 만나자고 말하고 큰아들은 고구려의 기상이 넘치는 논문을 통과시키겠다고 결심한다. 어머니는 은경이 태권도선수임을 알자 세계태권도대회가 열리는 체육관으로 가서 그녀와 큰아들을 떼어놓으려고 한다. 어머니는 대회에서 은경이 우승하여 깃발을 휘날리자 자기 아들의 애인임을 자랑스러워하며 은경을 며느리로 맞이하게 된다.

「도시처녀 시집와요」는 장유선의 시나리오, 김윤의 연출에 의해 평양연극영화대학 청소년영화창작단이 제작한 영화이다. 이 영화는 1990년대 북한사회에서 가장 인기를 얻었던 대중가요 「도시처녀 시집와요」를 영화화한 것이다. 이 가요는 이종오의 작곡과 최준경의 작사로 만들어진 것으로 내용은 다음과 같다.

고개 넘어 령을 넘어 버스를 타고 도시처녀 이상촌에 시집
을 와요 차창 밖에 웃음꽃들을 방실 날리며 새살림의 꿈을
안고 정들러 와요 시집와요 시집와요 도시처녀 시집와요 문
화농촌 하 좋아 시집와요……

영화 「도시처녀 시집와요」의 내용은 다음과 같다.

도시처녀 이향은 평양의 피복공장 재단사로 성실한 노력과
땀으로 당을 받들어 가는 전형적인 근로자이다. 이향은 언제나
인간적 향기를 가진 사람을 배우자로 삼을 것이며 그런 사람이
어디에서 무엇을 하든 모든 것을 바쳐서 사랑하겠다고 말한다.
농촌총각 성식은 협동농장 관리위원장이었던 아버지의 뜻을
받들어 진짜배기 농사꾼이 되겠다는 청년이다. 이러한 성식은
농촌의 발전에 모든 힘을 쏟고 오리도 키우는 오리 대장이다.
어느 날 이향이 다니던 공장에서 농촌 지원을 나간다. 온천농
장의 모내기를 하면서 이향은 성식을 만나고 성식 어머니, 공장
장 광호, 혜선 등의 후원 속에서 성식과 가까워진다. 공장장 광
호는 성실한 공장일군 한 명을 얻으려는 속셈으로 성식과 이향
이 가까워지도록 지원한다. 광호는 성식과 이향을 예술 친선공
연과 친선 송구(핸드볼)경기에 함께 참가하게 하고, 성식 어머니
로 하여금 이향에게 옷을 지어주도록 부탁한다. 광호는 성식이
고향을 지상낙원으로 건설하겠다는 의지를 가지고 고향을 떠
날 생각이 없음을 알고 이향과의 관계가 더는 가까워지지 않도
록 한다. 이향은 성식이 갑자기 냉담해지자 마음이 변한 것으

로 오해하지만 뒤늦게 자기에 대한 사랑의 마음을 알고는 성식과 함께 농촌의 삶을 선택한다.

이러한 줄거리에서 본다면 이 작품은 고향을 사회주의 문화농촌으로 변화시키려는 농촌 청년과 이에 감동하여 일생을 같이할 것을 다짐하고 농촌에 뿌리내리는 도시처녀 간의 사랑에서 결혼에 이르기까지의 과정을 그린 영화이다.

이러한 가족영화는 북한사회의 사회문제, 즉 도시와 농촌 간의 생활격차, 세대갈등, 직업의식의 변화, 신분구조의 변동과 이에 대한 인민들의 소외의식 등을 형상화한 사회문제 영화로 확산한다.

경희극영화와 정치사회적 문맥

이 시기에도 역시 주제와 소재의 다양화가 이루어지면서 경희극영화를 중심으로 가벼운 영화들이 제작된다.

경희극영화는 관객 지향성의 영화를 제작한 김정일 후계 체제 시기에서 시작되어 김정일 체제 모색 시기에 이르러서 관객들에게 널리 일반화된다. 경희극영화는 희극과 경희극에 관한 이론체계의 정립을 기초로 이루어진다. 즉 경희극을 오늘날의 현실에서 나타나고 있는 온갖 낡고 뒤떨어진 사상 잔재와 현상을 웃음을 통해 비판하는 사상교양의 힘 있는 무기로 발전하여 온 것이다. 우리식 사회주의에서는 부정을 폭로하고 규탄하며 결렬하는 방법이 아니라, 현실 생활 속에 부분적으로 남아 있는 낡은 사상의 잔재 요소들을 웃음으로 비판하고 교양·개조하여 다 같이 손잡고 전진하는 데 이바지해야 할 것으로 그 기능을 설정하고 있다. 대표적인 영화로는 「편지(1990)」 「사랑의 물소리(1990)」 「종달새(1990)」 「내 고향의 처녀들(1992)」 「음악가 정률성(1992)」 「내가 사랑하는 처녀(1995)」 「불가사리(1995)」 「우리는 청춘(1995)」 「병사를 사랑하라(1996)」 「사랑의 대지(1999~2000, 전·후편)」 「사랑의 거리(2003)」 「사랑의 종소리(2003)」 등이 있다.

「음악가 정률성」은 오혜영의 시나리오, 조경순의 연출에 의해 조선2·8예술영화촬영소가 제작한 음악가 정률성의 일대기를 그린 영화이다. 내용은 정률성과 연인 설송과의 사랑에서 가정을 이루기까지를 전면으로 내세우면서 인민군행진곡을 창작하고 혁명음악가의 칭호를 듣기까지의 과정을 그리고 있다.

「불가사리」는 이춘구 및 김세륜의 시나리오, 정건조의 연출에 의해 민간 전설을 계급 사관으로 해석한 작품으로 북한의 첫 괴수영화이다. 내용은 환상의 동물 불가사리를 중심으로 통치계급의 악랄성과 이에 맞서 싸우는 농민들의 투쟁에서 승리에 이르는 과정을 형상화한 것이다.

「사랑의 대지」는 한 처녀 의사가 앉은뱅이 북송 재일동포 처녀를 따뜻한 사랑으로 감싸 결국에는 장애를 극복하기까지를 그린 영화이다.

이 밖에도 평양에서 살아가던 혜순을 비롯한 새로운 세대들이 사회주의 이상촌을 만들기 위해 농촌으로 들어가서 생활한다는 내용을 그린 「우리 새 세대(1996)」와 외딴 철길 관리 초소원 향순이 초소생활에 마음을 붙이지 못하고 사고를 치다가 동료와 철길감시원인 석호 아버지의 헌신에 감명받아 모범 여군으로 변화하는 과정을 그린 「여병사의 수기(1903)」 등이 있다.

탈북자가 뽑은 최고의 북한 영화

북한에서 영화는 영화문학의 창작에서 영화예술의 제작을 거쳐 영화 보급 일꾼에 의해 전달, 유통되어 관객의 관람에 이르는 과정은 스스로 공언하고 있는 바와 같이 주체사상을 토대로 하면서 그 범위 속에서만 이루어진다.

영화는 김일성과 김정일의 주체혁명에 이바지하는 정치적 이데올로기이며, 영화 창작 주체와 대상 관객들은 그 이데올로기만을 수락, 수용하는 정치적 행위의 객체로서만 존재할 뿐이다. 영화뿐만 아니라 모든 문학예술에서 관객은 수동적인 수용자이다.

수동적 수용자로서 관객은 영화를 선택하여 관람하는 것에서 자발적인 관객의식이 전혀 없는 것은 아니다. 관객은 의무적으로 관람하게 되어 있는 '현지지도영화'를 제외하고는 대부분 관람비용을 지급하고 영화를 선택한다. 그 선택 범위가 주체사상의 이데올로기에 한정된 영화라고 할지라도 관객은 이성적이 아닌 정서적으로 작품에 몰입하여 감상함으로써 자기의 경험을 작품 속의 경험과 비교하여 마음속에서 재창조하거나 전혀 새로운 경험으로 받아들이기도 한다. 이때 관객의 정서는 작품을 전체적으로 수용하여 이성적인 판단을 내리기보다는 특정한 장면을 통해 특정한 경험을 정서적으로 수용하게 된다. 이런 의미에서 관객은 수동적 수용자로서만 머물러 있는 것이 아니라 자발적인 참여자로서 관객의식을 가지게 되는 것이다.

탈북자들이 뽑은 최고의 북한영화는 1986년에 제작된 역사무협극 「홍길동」인 것으로 나타났다. 영화진흥위원회 연구팀이 성별, 연령별, 출신지별, 학력별 분포를 고려해 뽑은 탈북자 40명을 대상으로 설문조사를 시행한 결과 「홍길동」이 가장 많은 20표(복수응답)를 얻었다. 역시 역사무협극인 「임꺽정」이 연작영화 「민족의 운명」과 함께 17표로 공동 2위에 올랐으며 「봄날의 눈석이(15표)」, 「이름 없는 영웅들(14표)」, 「도라지 꽃(13표)」, 「명령 027호」, 「보증」(이상 11표), 「조선의 별(10표)」, 「군당책임비서」, 「춘향전」(이상 8표) 등이 뒤를 이었다. 신상옥 감독이 춘향전을 토대로 만든 뮤지컬 영화 「사랑 사랑 내 사랑」은 공동 12위에 랭크됐고 1972년 체코의 카를로비 바리 영화제에서 수상해 외국에서도 널리 알려진

「꽃 파는 처녀」는 19위에 머물렀다(이희용 기자, '탈북자가 뽑은 최고 북한영화는 「홍길동」', 「연합뉴스」 1993.2.20).

인용문에서뿐만 아니라 탈북청소년의 영화에 대한 설문 조사에 따르면 청소년들이 가장 선호하는 영화는 액션영화로 「홍길동」 「명령 027」 「월미도」 「고려 여무사」 등을 대표적으로 꼽고 있다.

탈북 청소년이 뽑은 가장 인기 있는 첫 번째 영화는 「민족의 운명」이다. 그 이유는 일반적인 북한영화와는 달리 새로운 주제와 구경거리를 보여주기 때문이다. 새로운 주제란 김일성 찬양과 항일 무장혁명의 승리, 제국주의의 적대적 관계와 모순에서 벗어나 다양한 출신의 사람들인 월북한 사람이나 친북한적인 사람, 재외교포, 심지어 반동적인 성분에 속하는 사람들까지 포용하는 것을 말한다. 새로운 구경거리란 월북한 사람이나 친북한적인 사람, 재외교포 등을 주요 인물로 하여 남한, 일본, 미국 등 자본주의 사회의 풍요와 빈곤을 동시에 보여주고 있다는 것이다. 새로운 구경거리는

예술영화 명령 「027호」

액션영화들 「홍길동」 「임꺽정」 「명령 027호」와 「민족의 운명」, 그 밖에도 설문조사에서 인기순위가 높은 영화들에서 공통으로 나타난다.

예컨대 1985년 「봄날의 눈석이(15표)」는 가난하고 불구 아버지를 둔 조총련계 청년 남수와 남한 쪽에 기반을 둔 부유한 교포 여성 영아의 사랑과 실연을 다룬 작품이다. 이 작품은 전후 세대의 이성에 관한 관심과 결혼에 대한 꿈, 실연의 아픔을 담으면서 일본의 화려하고 풍족한 물질적 삶을 담은 장면들과 남녀 간의 포옹장면, 여자의 나신 장면과 나신을 담은 사진, 셰익스피어의 「로미오와 줄리엣」을 읊는 대사, 여주인공의 자살시도 장면 등을 보여주고 있다.

아울러 1987년 「도라지 꽃(13표)」도 고향인 산간 오지에 사는 농촌여성과 그녀를 버리고 도시로 간 애인인 전기기사 원봉 간의 사랑 및 이별 그리고 죽음을 다룬 작품이다. 이 작품은 도시와 농촌 간의 격차 및 성분에 따른 계층 구분 탓에 생겨나는 정치·경제적 차별에서 오는 상실감 및 소외감을 다룸으로써 동시대 현실이 가지고 있는 구조적인 문제를 보여주고 있다.

이와 같이 관객들은 「봄날의 눈석이(15표)」와 「도라지 꽃(13표)」을 「이름 없는 영웅들(14표)」 「보증(11표)」 「조선의 별(10표)」 「군당책임비서(8표)」과 같이 김일성주의를 주제로 하는 전형적인 영화들과 함께 수용하고 있다.

관객의 이러한 수용은 영화의 선택이 제한된 범위 속에서 이루어진 자발적인 의식의 결과이다. 제한된 자발적인 참여자로서 관객은 취미 생활로 영화를 볼 때는 일상적인 갈등 등이 재현되는 영화를 즐긴다. 특히 미모의 여배우가 나온다거나 연인이 사랑하는 영화나 찐한 장면이 나오는 영화는 인기가 많아 이를 보기 위해 많은 노력을 들인다는 것을 알 수 있다.

특히 청소년 관객의 이러한 자발적인 관람의식은 청소년영화의 창작, 제작에서 청춘남녀들의 사랑 문제를 깊이 있게 형상화할 것을 요구하고 있다. 즉 청소년영화에서 사랑 문제를 담고 있지 않으면 청소년영화가 자기의 특성을 살려낼 수 없을 뿐만 아니라 관중의 환영을 받을 수 없다고 강조되고 있는 것이다.

따라서 관객은 기본적으로 김일성과 김정일의 주체혁명에 이바지하도록 강제하는 정치적 이데올로기로 영화를 수락하면서도 그 이데올로기가 허락하는 범위 안에서 수동적 수용성을 지양하려고 한다.

각주를 대신하여

이 책은 필자의 저서 『북한연극의 이해』『북한 경희극』『북한영화의 역사적 이해』와 관련 논문들을 중심으로 개괄적인 해설로 쓰였다. 그 논저들은 대략 2000년대 전반기 이루어진 연구들로써 2000년대 후반기에서 현재에 이르기까지의 결과는 대체로 신문과 잡지들 및 언론매체에 의존하여 쓴 것들이다. 북한연극 및 영화에 관한 기초적인 저술들을 참고로 제시하면서 마지막으로 고마움의 인사도 덧붙인다.

참고문헌

『문학예술사전(상/중/하)』 과학백과사전종합출판사, 1988.

김문환, 『북한의 예술』, 을유문화사, 1990.

김영규, 『북한의 문학·예술』, 통일연수원, 1991.

김재용, 『북한문학의 역사적 이해』, 문학과 지성사, 1994.

노세승, 『북한영화계』, 영화진흥공사, 1989.

백지한, 『북한영화의 이해』, 도서출판 친구, 1988.

서연호·이강렬, 『북한의 공연예술 I』, 고려원, 1989.

서정남, 『북한영화탐사』, 생각의 나무, 1902.

신상옥·최은희, 『내레 김정일입네다』, 행림출판사, 1994.

영화진흥위원회, 『북한영화 인명사전』, 1903.

윤재근·이상호·박상천, 『북한의 문화정보 I, II』, 고려원, 1991.

전영선, 『북한의 문학예술 운영체계와 문예이론』, 역락, 1902.

전영선, 『북한의 문학과 예술』, 역락, 1904.

정병호·이병옥·최병선, 『북한의 공연예술 II』, 고려원, 1991.

정재형, 『북한영화에 대해 알고 싶은 다섯 가지 : 제 2세대 북한영화
    연구』, 집문당, 1994.

최척호, 『북한영화사』, 집문당, 2000.

홍영철, 『한국영화도서자료편람 : 1925-1990』, 한국영상자료원,
    1991.

한국비평문학회, 『북한 가극·연극 40년』 신원문화사, 1990.

북한의 대중문화
연극과 영화를 통해 본 북한 사회

펴낸날   초판 1쇄   2012년 4월 17일

지은이   **민병욱**
펴낸이   **심만수**
펴낸곳   **(주)살림출판사**
출판등록 1989년 11월 1일 제9-210호

경기도 파주시 문발동 522-1
전화   031)955-1350   팩스   031)955-1355
기획 · 편집 031)955-1374
http://www.sallimbooks.com
book@sallimbooks.com

ISBN   978-89-522-1792-9   04080

※ 값은 뒤표지에 있습니다.
※ 잘못 만들어진 책은 구입하신 서점에서 바꾸어 드립니다.

책임편집 **이소정**